KB021838

현장에서 찾아낸

치과의사 수필선집1

# 살아가는 이야기

치과의사 39인 공저·기획 박종운

현장에서 찾아낸
치과의사 수필선집1

# 살아가는 이야기

치과의사 39인 공저 · 기획 박종운

뱅크북

# 글머리

희로애락으로 점철되는 인생사에서 이렇게 글을 매개체로 만나는 것도 인연이 아닐 수 없습니다.

치과의사로 살아가는 이야기를 책으로 남기고자 합니다.

사람은 홀로 떨어진 '섬'과 같은 존재입니다.

사람이라는 각기 다른 섬을 이어주는 건 다름 아닌 '말'이라는 교각이라고 할 수 있습니다. 말 덕분에 우리는 외롭지 않습니다. 멀리 떨어진 섬과 어울리며 함께 살아갈 수 있지요. 말이라는 교각의 재료(材料)를 들라고 하면, 주저하지 않고 '진심'이라고 말하겠습니다. 그렇습니다. 말은 진심으로 꽉 차 있어야 합니다.

상대가 구사하는 단어 하나하나를 허투루 넘기지 않고 진심으로 듣는 자세, 상대의 이야기를 가슴으로 가져와 해석하는 방법, 말 한마디를 하더라도 진정성을 녹여내는 태도야말로 이 책에서 전달하고자 하는 골자라고 하겠습니다.

울타리에서 작은 사회를 만들고 운영하면서 많은 사연이 생겨납니다. 글로 남기기에 어려움이 많지만 그래도 세상에 태어난 문장들입니다. 함께하는 마음으로 읽어봐 주시기를 기대합니다.

점점 각박해져 가는 세태 속에서 여유를 찾아야 하는데 쉽지 않습니다. 세상은 바뀌고 진리가 사라진다 해도 진실은 남아있을 것입니다.

이 책에 실린 글들은 최근 수년간 신문에 게재했던 것들을 중심으로 엮었습니다. 더 많은 글들이 있지만 다 수록하지 못하고 다음 기회를 기약해 봅니다. 시간과 공간의 틀에 얽매이고 기획자가 옥고를 재촉하는 바람에 마감에 쫓겨 쓴 글들도 있습니다. 명문도 있고 거칠기 짝이 없는 글도 있지만 평소에 하고 싶었던 이야기를 함축시켰다고 봅니다.

글을 쓴다는 것은 삶이 한층 더 값지고 더할 나위 없는 의미있는 생활로 변할 수 있을 것이라고 생각합니다.

현장에서 찾아낸 살아가는 이야기를 그대로 묵히기가 아쉬웠습니다. 다행히 기회가 닿아 〈수필선집〉 1권으로 한정판을 펴냅니다. 언젠가 2권이 나오기를 기대해 봅니다.

활자화된 책은 사라지지 않을 것입니다. 일일이 찾아뵙고 보다 많은 의견을 담아야 했는데 세상사에 쫓기다 보니 제대로 실천하지 못했습니다. 혜량하여 주시기를 지면을 빌려 부탁드립니다. 누구에게나 갈 길은 까마득합니다.

아낌없으신 격려와 지도 편달을 바랍니다.

참여해 주신 분들께 여러모로 감사 인사드립니다.

2022年 1月

# 차례

## 살아가는 이야기

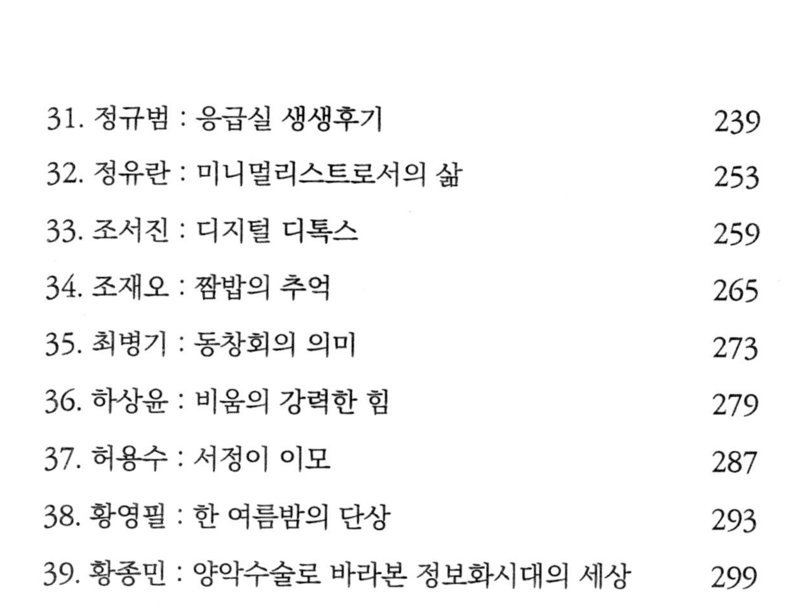

# 수욜 만남

강기현(서울·독일웰치과 원장)

마음 지나는 곳엔 훈훈한 바람이 들고 인정 넘쳐
'알다'는 것은 깊은 사랑을 주고받는 앎을 의미해

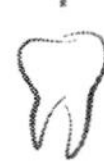

'성인치과임상연구회'를 결성하게된 계기는 치주를 전공한 이 교수의 제안을 받아들이고부터였다. 그동안 수시로 모임을 갖고 학술세미나, 가족모임 등을 주최하며 회원 간의 친목을 도모해 왔다. 하지만 여의치 않은 경우가 많아지면서 근거리에 있는 분들끼리라도 만나자는 의견이 조성됐다. 그리하여 매주 수요일마다 점심을 같이 하는 것으로 의견이 모아지고, 특별한 일이 없으면 수욜 모임으로 만나자고 했다.

이렇게 모임을 갖게 된지가 벌써 10년이 된 것 같다.

각 분야에서 전문적인 지식을 보유(보철·보존·치주·교정)하시는 분이 있어 좋은 음식을 나누며 진료실에서 있었던 애로사항 더 나아가 사회·정치·경제·문화 등에 이르기까지 서슴없이 토론하면서 웃음의 꽃을 피우곤 한다. 한 주간에 이 모임이 없다면 진료하는데 스트레스도 많고 지루했을 것인데 중간에 활력소가 되고 있다.

한자로 물수 변에 갈 '거'를 쓰면 법(法)이고, 마음 변에 갈 '거'를 쓰면 겁(怯)이다.

법은 냉정하고 지켜야 할 것이 많고 접근하기가 힘든 것이다. 하지만 마음이 지나는 곳에는 훈훈한 바람이 들고 인정이 넘치는 것 같다. 한 주간 특별한 일이 없더라도 얼굴을 대하고 대화할 수 있는 곳이 있으니 서로의 마음까지 읽을 수가 있는 것 같다.

작년 가을 어느 수요일. 웬만하면 빠지지 않던 이 원장이 모임에 참석하지 않았다. 궁금하여 이 교수한테 물어보니 갑자기 S의료원에 입원하였단다. 병명이 무엇이냐고 물어 보았더니, 그저 건강검진하기 위해 입원하였다고 하니 더 이상 무엇이라고 할 수 없어 그냥 지나갔다. 그 다음 주에 조금 해쓱하였지만 얼굴은 해 맑은 표정을 하고 생기가 있어 보인다. 혈액검사 및 초음파 검사를 하여 보니 간 수치가 높게 나왔고 간에도 이상이 있어 보이니 정밀 검사를 하자고 하여 입원을 하였다고 한다. 그전에 상흔이 남아 있었던 것을 발견하지 못하였던 것이다. '이 때 내가 간암에 전이 되었다면…….' 가족, 병원의 환자가 파노라마처럼 스쳐가는 데 많은 생각을 하게 되었다고 한다. 아직은 일할 만하고 젊어서 죽기에는 너무 억울하다는 생각이 들었는데 다행히 '중입자 가속기'라는 치료방법이 있다는 사실을 발견하였다는 것이다. 단, 항암치료를 받기 전에 치료가 가능하다고 한다.

중입자 치료라는 것은 탄소입자를 중입자 가속기 내에 주입한 다음 이를 빛의 속도에 가깝게 가속시켜 암 조직에 발사해, 암세포 위치에 도달하면 폭발하여 암세포 DNA를 완전히 조각내는 치료방식이라 한다. 피부 속 25cm 깊이까지 에너지 감소 없이 침투시킨 후 암세포 위치 도달 시 폭발하게 함으로써 치료하는 것이다. 기존의 방사선 치료가 정상세포까지 손상을 입히는 것과는 달리 정상세포의 파괴 거의 없이 오로지 암세포만을 정확하게 조준하기 때문에 부작용 없이 생존율은 높이는 방법이라고 한다. 아쉽게도 치료기기를 세계에서 일본과 독일에만 보유하고 있단다.

이런 이야기를 하곤 시간이 지나 잊고 있었는데, 2018년 4월 25일 대치동에 있는 경복궁 음식점에서 고문이신 김 원장님이 후배가 검사장까지 하고 아직도 젊은 데 췌장암 말기란다. 젊은 친구가 너무 가엾다고 하자 "그 때 이야기 하지 않았느냐."하여 "그래 맞아. 그 때 그런 이야기 한 일이 있지."하고는 그 자리에서 당사자한테 직접 전화하여 중입자 가속기를 알려주신다. 이런 자리가 아니면 어떻게 이런 일이 일어 날 수 있을까. 그리고는 이 원장이 또 한 번 강조한다. 항암 치료는 하지 않아야 된다는 것을…….

치과의사라는 전문직을 갖고 한뜻으로 매주 모임을 갖는다는 자체가 저절로 감사하고 고맙다. 나눔을 통하여 믿고, 신뢰하고, 존중하고, 배려하고 또 지식 정보를 공유할 수 있는 공동체이니 정말로 금상첨화(錦上添花)가 아닐 수 없다. '알다'는 것은 깊은 사랑을 주고받는 앎을 의미하지 않을까. 지식적인 것은 물론 존재에 스며드는 앎, 곧 인격적이고 완전한 일치를 이루어 가는 것이 아닐까. 이러한 앎을 통해 사랑의 근원을 발견하면서 더 좋은 진료 및 환자에 대한 배려를 키워 나갈 수 있다고 믿고 싶다.

# 페이닥터에 관한 생각

강익제(서울·엔와이치과 원장)

원장보다 공부안하는 페이닥터 필요없어 커리큘럼 소유
진료철학 임상에 대한 열정 함께 공유하는 버팀목으로

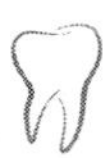

얼마 전 저희 병원에 근무했던 페이닥터 선생님이 무사히(?) 임기를 끝내고 개원을 하게 되었습니다. 워낙 성실했던 친구라 개원이 잘되리라 믿어 의심치 않지만 그래도 막상 떠나고 새 페이닥터 선생님이 들어왔음에도 몇 달간은 마음이 뒤숭숭했습니다. 다행히 저희 병원에 같이 계셨던 페이 선생님들은 다 개원이 잘되었고 심지어는 저보다 잘되는 선생님도 계시고, 어디가서 욕은 먹지않고 잘하고 있는 것 같습니다.

가끔 어떤 페이닥터를 뽑아야하는지 어떤 원장님과 함께 근무를 해야하는지 고민하는 글들을 봅니다. 페이닥터를 뽑는 이유는 다양하겠지만 원장님 입장에서는 내 몸 편하자고 뽑던지, 아니면 환자를 많이 보거나 매출액을 올리고자 해서일겁니다. 세상에는 참 좋은 원장님들도 많지만 과잉진료나 근거없는 진료를 시키는 경우도 있고, 반대로 페이 선생님 중에 말도 안되는 시술로 환자에게 피해를 주거나 병원에 손해를 끼치는 사람들도 있기 마련입니다. 다만 좋은 원장님, 좋은 페이 선생님들이 더 많을꺼라는 추측 아닌 추측을 위안으로 삼아봅니다.

저도 최근 페이 선생님을 새로 뽑았지만 요새 페이닥터에 지원하시는 선생님들은 무슨 임상 포트폴리오를 만들어 오시는 분도 계시고 자기 각오나 직업관을 자소서에 써오시는 분도 계십니다. 저도 예전에 온라인 사이트의 한 구인란에 공지를 올려서 채용을 했었는데 며칠 사이에 수십 통의 이력서가 와있는 것을 보고 놀랐습니다. 제가 능력이 되어 많은 사람을 뽑을 수 있으면 좋겠지만 현실상 불가능하고, 또 제가 뭐라고 채용되지 못한 많은 선생님들에게 본의 아니게 실망감을 줘야하나 싶기도 해서 그 다음부터 공개적인 채용을 하기가 참 부끄럽고 미안하다는 생각이 들게 되었습니다.

병원마다 원장마다 특성이 있겠지만 제 경우는 그저 성격좋고 구치부 엔도 정도만 할 수 있으면 나머지는 제가 알아서 다 교육시키겠다는 생각이고 그러다보니 원장보다 공부 안하는 페이는 필요없다는 주의라 저희 병원은 나름대로의 커리큘럼을 가지고 페이 선생님들을 교육시킵니다. 교육에 앞서 직원들이나 저 스스로에게도 몇가지 리마인드를 해줍니다.

1. 페이닥터지만 인사권을 주고 직원의 채용과 해고에 적극적으로 개입하게 합니다.
2. 직원들도 부원장님, 혹은 O선생님 같은 말대신 저랑 똑같이 강원장님, 박원장님이란 호칭으로 환자들이 봐도 상하 관계를 구분할 수 없게 합니다.
3. 내가 진료받아도 편할 정도로 페이 선생님을 교육시킵니다.

우선 파워포인트로 이론 강의→모델 실습→실제 환자보기 순서로 진행을 시킵니다. 예를 들어 크라운에 대해서 일주일간 강의하고 요약 자료나 논문이 나가고 나면 그 다음 일주일은 덴티폼 상에서 실습만 죽어라 합니다. 실습을 통과하면 그다음 한 달 정도는 제 환자를 포함하여 대부분의 크라운 환자는 페이 선생님이 보게 합니다. 직접 환자를 보면서 손에 많이 익히게 해서 머리는 까먹어도 손은 기억하게끔 합니다. 페이닥터를 뽑는 이유가 원장이 편하려고 하는건데 이렇게 하면 오히려 번거롭고 힘들지 않냐고 하는데 페이닥터를 못뽑는 이유 중에 하나가 원장이 환자를 믿고 맡길 수 없기 때문이라는 점을 생각해보면 이런 일련의 과정이 귀찮고 힘들지 모릅니다. 하지만 이렇게 교육을 하면 원장이랑 페이의 실력 차이도 확실히 많이 줄고 결과물도 우리 치과 스타일에 맞게 비슷하게 나와서 나중에 환자의 컴플레인이나 A/S 문제에서도 좀 자유로워지는 것 같습니다.

특히 페이닥터의 경우 어떤 순서대로 공부를 해야 하는지 모르는 경우가 많은 반면 원장의 입장에서는 자기가 보기 싫은 엔도나 소아환자만 주구장창 맡기는 경우가 많습니다. 페이 선생님과 같이 공부를 하고 싶으신 원장님들은 저처럼 커리큘럼 짜서 교육을 하셔도 되고, 현실적으로 그게 어렵다면 페이 선생님이랑 같이 책을 정해놓고 토의를 하거나, 좋은 세미나를 추천해주고 보내주시는 방법을 택하는 것도 나쁘지 않습니다. 아니면 하다못해 같이 환자를 보면서 환자 증례에 대해 토의를 하는 것도 좋은 방법일겁니다. 보통 이런 식으로 차곡차곡 공부하면 원장님도 임상에 있어서는 항상 긴장하고 공부하는 습관을 버리지 않게 될겁니다.

페이 닥터 입장에서 즐거운(?) 병원 생활이 되려면 많이 배울 수 있거나, 여러 증례의 환자를 많이 보거나, 혹은 시간이 아주 여유롭거나, 돈을 많이 받거나가 아닐까 합니다. 물론 전부 충족하는 병원은 찾기 힘들겠지만 최소한 하나만 충족되었다면 최악의 선택은 아닌 것입니다.

원장님 입장에서도 페이닥터를 잠재적인 경쟁자로만 여기지말고 치과계의 또다른 버팀목이 되어서 좋은 길을 걸을 수 있도록 진료철학과 임상에 대한 열정을 함께 공유하는 것이 선배로서의 역할이 아닌가 합니다.

# SNS도 알아야 활용한다

고성준(치과의사·리브러쉬 대표)

개방형 페이스북 네이버블로그 다수 사용자 끌어와야 이점 활용
SNS 공유로 지인 추천, 소셜 네트워크 구축은 선택 아닌 필수

SNS는 인맥 확대나 정보 공유를 통해 사회적 관계를 강화해 주는 플랫폼을 의미한다. 이러한 플랫폼은 공유되고 유통될 때 더욱 의미가 있다.

폐쇄형 SNS인 네이버 밴드나 카카오톡의 경우와 달리 개방형 SNS인 페이스북, 네이버 블로그 등은 다수의 사용자를 끌어와야 활용 이점을 극대화할 수 있다. 하지만 많은 사람들이 가장 어려워하는 파트가 이 부분이다.

◇ 네이버 블로그 : 블로그의 경우 네이버의 알고리즘을 이해해야 한다. 예를 들어 네이버에서 '치주 질환'을 검색을 했을 때, 자신이 쓴 글을 어떻게 노출시킬 수 있는지를 알아야 한다. 네이버 빅데이터를 살펴보면 한 달 동안 치주 질환을 검색하는 사람은 약 5천 명이다. 그런데 치주 질환에 대해 쓴 블로그는 한 달에 약 7천 개가 새로 올라온다. 검색 시 상위에 노출되는 5개의 글을 제외한 6995

개의 글은 거의 읽히지 않는다. 열심히 글을 써서 허공에 뿌리는 셈이다.

◇ 키워드 분석 : 상위 노출을 위해서는 블로그 제목과 내용에 핵심 키워드가 있어야 한다.

그리고 핵심 키워드를 분석해야 한다. 내가 쓰려는 글의 주제를 다른 사람들이 얼마나 관심 가지고 검색하는지와 얼마나 많은 경쟁 블로그들이 이 주제에 대해 쓰고 있는지 파악해야 한다. 네이버 트렌드나 블랙키위(http://blackkiwi.net) 등에 들어가서 원하는 주제를 쳐보면, 이를 한눈에 파악할 수 있다.

◇ 검색 언어 분석 : 키워드에 대해 분석할 수 있게 되면, 여기서부터는 사용자의 마음을 파악해야 한다. 과연 네이버에서 검색하는 사람들이 '치주 질환'을 검색할까? 치과의사들에게는 너무나 익숙한 용어이지만 대다수의 사람들은 절대 이렇게 검색하지 않는다. 오히려 '잇몸 부었을 때'와 같은 용어로 검색을 많이 한다. '치주 질환'은 한 달에 약 5천 명이 검색하고 '잇몸 부었을 때'는 약 5만 명이 검색한다.

◇ 이미지 활용 : 블로그 내에는 5개 이상의 이미지가 들어가는 것이 좋다. 그래야 네이버 알고리즘 상에서 성실히 쓴 글이라 판단하여 사용자들에게 많이 노출시키게 된다. 하지만 아무런 이미지나 가져와서 쓰면 안 된다. 네이버의 이미지 검색 인공지능은 인터넷 상에 있는 유사 이미지들을 분석해 비교를 한다. 따라서 가장 노출

이 잘 되는 이미지는 본인이 직접 찍은 세상에 하나뿐인 이미지이다. 매번 새로운 사진을 찍기 어려운 경우, 기존 이미지를 쓰되 필터를 입혀 달라 보이게 하는 식으로 만들면 좋다.

◇ 동영상 활용 : 네이버는 현재 유튜브를 목표로 동영상 활용 서비스를 발전시키고 있다. 그래서 블로그 내에 동영상이 첨부되어 있으면 더욱 상위에 노출시켜주는 경향이 있다. 따라서 이미지나 글 외에 동영상도 적극 활용하는 것이 좋다.

◇ 단어의 배치 : 자신이 키워드로 잡은 단어는 글의 제목과 내용에 반드시 포함되어야 한다. '잇몸이 부었을 때'라는 키워드를 잡은 경우 글의 제목은 '잇몸이 부었을 때 치료법, 치과의사가 알려드립니다'와 같이 키워드를 제일 앞 쪽으로 배치하는 것이 좋다. 글의 내용에서도 '잇몸이 부었을 때'라는 단어를 글의 초반, 중반, 후반에 모두 적절히 사용해야 한다.

◇ 페이스북 : 블로그와 전혀 다른 알고리즘으로 운영되는 것이 페이스북과 인스타그램이다. 블로그는 사용자의 검색 언어와 상위 노출에 집중되어 있는 반면, 페이스북과 인스타그램은 '팔로워'와 '좋아요'를 늘리는 것에 집중해야 한다.

◇ 톤 앤 매너 : 처음에 중요한 것은 사람들이 반응하는 톤 앤 매너를 정해야 한다는 것이고 이에 맞게 일관성 있는 글을 올려야 한다. 톤 앤 매너를 정하기 위해서는 앞으로 게시될 글, 이미지, 동영상에 가장 어울리는 사람을 찾아야 한다. 그리고 이런 타겟 층이 원

하는 톤 앤 매너가 무엇인지 검색해야 한다. 현재 SNS에서 유명한 계정들을 돌아보면서 이를 파악하는 것이 좋다.

◇ 팔로워 수집 : 여기서부터는 실질적 소통을 통한 유대감 형성이 가장 중요하다. 페이스북과 인스타그램에서 핵심 키워드를 검색해보면 해당 키워드를 해시태그로 쓴 수많은 사용자가 나온다. 이들을 한 명씩 방문해 댓글을 달고, 먼저 팔로우 하면서 유대감을 쌓아야 한다. 초반에 모은 팔로워의 퀄리티는 후에 큰 기여를 한다. 공유하기 쉽게 되어있는 특성상, 좋은 게시글이 올라오면 스스로 여러 사람에게 소개를 해주기 때문이다. 지루할 수 있지만 초반 6개월 동안 유대감, 감성, 소통에 집중하는 것이 중요한 이유이다.

◇ 목적 설정 : 블로그든 페이스북이든 어떤 목적을 가지고 계정을 운영하는지를 명확히 해야 한다. 계정의 방향성이 자꾸 변경되면 이탈되는 사람이 많을 수밖에 없다. 치과 홍보를 위한 것인지, 치과의사 홍보를 위한 것인지, 공익성을 띤 정보의 공유가 목적인지 등 확실히 정하고 움직여야 한다.

아직도 많은 사람들이 지인 추천을 통해 의사를 소개받고, 정보를 얻는다. 하지만 인터넷을 통한 정보 습득과 의사 결정은 날이 갈수록 커지고 있다. 심지어 이제는 SNS 공유를 통해 지인 추천을 받는 실정이다. 소셜 네트워크 구축은 선택이 아닌 필수가 되어가고 있는 것이다.

# '독일여행' 이야기 (2019년 9월 7일~15일)

구본석(대전 구본석치과 원장)

법과 인권 평등하다는 저울로 정의의 여신 '유스티아' 생각
1.5kg되는 knife 꽂힌 통돼지 다리 고깃덩어리 남겨 아쉬움

2019년 9월 7일 태풍 '링링'의 영향으로 12시 50분에 인천공항을 출발하기로 한 대한항공의 이륙시간이 전날 11시 20분으로 바뀌었다. 부랴부랴 KTX 예매 시간을 06시 34분으로 바꾸고 다음 날 아침 비가 늦게 내리기만 기다린다.

9월 7일 아침 04시 50분에 기상하여 준비하니 다행히 비는 조금 내리고, 05시 50분쯤 택시를 탈 수 있었다. 서울역에서 직통열차를 08시 10분에 갈아타고 09시 02분 인천공항에 무사히 도착하였다.

다만 활주로 상황과 늦게 도착한 여행객 등으로 1시간이 늦은 12시 20분에 무사히 이륙하여 9월 7일 오후 4시 20분 독일 프랑크푸르트 공항에 도착했다. 다소 늦게 나온 짐을 찾은 후 택시를 타고 인터컨티넨탈호텔에 도착하였다.

호텔에 짐은 풀은 후 괴테 생가, 오페라 극장을 거쳐 카우프호프 백화점에서 기념 선물을 산 후 거리에 나와보니 거리 상점들은 이미 문을 닫은 후였다.

9월 8일 오전 07시 30분 아침식사 후 박물관이 여는 시간에 맞춰 다리 건너 라인강 남쪽 강변을 따라 있는 작센하우젠의 박물관 거리의 슈테겐 미술관의 현대미술과 응용미술관, 영화 박물관, 우편박물관 등을 여유롭게 둘러보고 작센하우젠 지역의 맛집에서 아펠와인을 곁들인 boiled pork와 beef steak로 점심을 하였는데 1.5kg이나 되는 knife가 꽂힌 통돼지 다리 고깃덩어리를 도저히 다 못먹고 남기게 되었다. 돼지고기를 먹으면 탈이 나는 집사람이 도와주었지만 그래도 남았고, 집사람도 맛있게 먹고 무사했으니 얼마나 잘 삶아진 질 좋은 요리였는지 기억에 남는다. 다시 라인강을 건너 높이 95m의 뾰족하고 붉은 고딕 건물인 대성당을 보았다. 852년 카롤링 왕조 때 건축한 후 여러 차례 증개축을 반복해서 지금의 모습을 보여주고 있다. 1562년부터 1792년까지 신성로마제국 황제의 대관식이 열렸던 곳이다. 여유있게 걸어 랜드 마크인 뢰머 광장으로 갔다.

정의의 여신 '유스티아'를 보고 법과 인권이 평등하다는 저울의 의미를 생각해 보았다. 다시 Zeil 거리로 갔으나 일요일이라 백화점을 비롯한 모든 상점이 문을 닫았고, 거리의 차 통행을 제한한 채 시민들이 운동복 차림으로 나와 달리기 대회를 하는 것을 구경한 후 호텔로 돌아와 쉬고 중앙역으로 가서 ICE 372 베를린으로 가는 표를 출력한 후 저녁식사로 먹을거리를 사 가지고 돌아와 쉬었다.

9월 9일 07시 10분에 조식 후 중앙역에 나와 09시 14분 베를린행 ICE 372를 타고 이동했다. 짐을 선반에 올리기가 무거워 힘들었다. 창밖의 풍경은 스위스나 오스트리아 못지않게 숲이 잘 조성되어 있었다.

오후 2시 하우프트반호프(Hauptbahnhof)에 도착하니 비가 내리고 있다. 택시를 타고 브란덴부르크 문 근처에 있는 Adlon호텔에 도착하니 door man이 친절하게 맞이하며 짐표를 준다. 카운터에서 check in하고 짐표를 주니 방으로 짐은 가져다 준다.

간단히 씻은 후 택시를 타고 샤를로텐부르크 궁전으로 향했다. 교통정체로 막히는 중 집사람이 월요일이라 휴관할지도 모른다하여 찾아보니 쉬는 날이라 방향을 바꿔서 카이저 빌헬름기념교회로 향하였다. 2차 세계대전의 흔적으로 부서진 웅장한 서쪽 종탑만 남아있고 좌우로 현대교회 기념물만 남아있다. 체력이 다할 때까지 쿠담 거리를 걷다가 순면이 좋다는 옷만 몇 개 산 후 호텔로 돌아와 짐을 내려놓고 영국대사관 뒤편의 이태리 음식점에서 파스타, 피자, 수프로 저녁을 먹고 호텔로 돌아와 쉬었다. 기절~.

9월 10일 조식에서 캐비아를 곁들인 꿀, 빵, 과일 등으로 배불리 먹은 후 yellow sightseeing tickets 2장 이틀권을 끊은 후 브란덴부르크 문 우측에서 타고 관광을 시작하였다. Siegessaule(전승기념탑)에 내려 둘러보고 Schloss Charlottenburg를 둘러보았다. 궁전 내부의 화려한 방들 중 중국 도자기로 컬렉션 된 방이 인상깊었다. 뒤의 정원은 파리나 비엔나의 궁전들과 같이 잘 조성되어 있었다. 우연히 들른 궁전 앞 좌측의 근위병 숙소로 사용된 성루에 전시된 피카소의 그림을 마음껏 보고, 우측의 마굿간으로 사용된 성루에서는 독일 근대 회화를 볼 수 있었다. 쿠담 거리로 나와 옷을 더 산 후 사보이호텔 1층에서 점심을 하였다.

Bus를 타고 Germaldegalerie에 들러 주로 렘브란트에 묻혀 보낸 후 Tiergarten을 가로질러 미국대사관 옆 홀로코스트 메모리얼을 본 후 호텔로 와서 1층에서 필자는 송아지 steak, 집사람은 관자로 저녁식사를 한 후 간단히 씻고, Philhamonie로 Tierqarten 사이를 걸어서 갔다.

Alfred schnittke 심포니 1과 Anton Bruckner의 심포니 Nr.& A-Dur를 Munchner Philharmoniker Valery Gergiev 지휘로 감상하였다. 첫번째 곡은 현대 작곡가의 곡으로 악단의 퍼포먼스와 사이사이 유명한 곡을 따와 섞어 놓은 것이 인상적이었다. 어두운 Tiergarten을 다시 걸어서 숙소로 돌아와 기절하듯 잤다.

9월 11일 수요일 다시 캐비아를 곁들인 충분한 조식으로 원기충전한 후 yellow bus를 타고, 설명을 들으면서 관광한 후 2번의 카데베 백화점에서 내려 운동화와 신발을 득템한 후 12시 예약한 Postdamer platz의 만다린 로빌 5층의 미슐랭 맛집인 Facil에서 2시간여 프랑스 요리로 멋을 낸 후 다시 yellow bus를 타고, check point로 가서 분단의 현장을 둘러보았다. 그 후 Museum sinsel로 가서 웅장한 Berliner Dorm을 본 후 잔디밭에 앉아 쉬다가 Alte Nationalgalerie에서 '비오는 파리 풍경' 등 유명 작품들을 6시 문 닫을 시간까지 둘러보다가, 6시까지 운행한다는 yellow bus를 놓치는 바람에 Unterden, Linden을 걸어서 숙소로 돌아왔다.

전에 잠시 스쳐 지나간 독일 여행 후 본격적인 독일 여행은 처음인데 규모의 장대함과 도처의 숲과 어우러진 여유로운 모습이 부럽기만 하다. 호텔 옆 약국에서 우연히 만난 손톱 다듬는 기구에 집사람이 매료됐다. 너무 피곤해서 9일 먹었던 이태리 식당에서 파스타와 수프를 나누어 먹고 호텔로 들어와 잠이 들었다.

9월 12일 목요일 hotel Adlon과 작별하는 날 역시 캐비아를 곁들인 조식으로 든든하게 먹고, 뮌헨으로 출발하기 전 잠시 짬을 내서 택시를 타고 카데베 백화점으로 갔다.

이곳에서 운동할 때 옷가방으로 사용할 작은 리노머 캐리어를 사고, 호텔 옆 약국에서 손톱 다듬는 기구 여러 개를 산 후 Hauptbahnhof에서 뮌헨 행 ICE를 12시 05분에 탄 후 4시간 걸려 뮌헨 Hauptbahnhof에 도착하였다.

걸어서 5분 거리인 르메리디앙 호텔에 짐을 푼 후 간단한 복장으로 갈아입고 Residez로 향하였다. 제대로 도착했지만 입구를 찾지 못하고 헤매다가 5시가 넘으니 입장 불가라 Marienpl로 향했다. 도중에 Frauenkirche에서 목요일 미사를 보고, Neues Rathaus

와 Altes Rathaus 사이의 Marienpl에서 소시지, 피자를 곁들인 흑맥주로 저녁을 대신하고 Karlspl을 경유하여 걸어서 숙소로 돌아와 쉬었다.

9월 13일 금요일. 조식을 든든하게 먹고, 택시로 Nymphenburg에 도착하여 Schloss에서 왕궁을 구경했다. 이어 Marstallmuseum에서 황금마차 썰매 등을 구경한 후 프랑스식 정원을 보았다. 영국식 정원에 있는 Magdalenenklause, Pagodenburg, Badenburg, Amalienburg를 천천히 산책하며 둘러보니 3시간이 지나갔다.

Magdalenenklause 근처의 레스토랑에서 연어, 감자 팬케이크와 파스타를 곁들인 맥주로 점심을 먹고 파랑색 sightseeing bus를 타고 중앙역에 내린 후 택시를 타고 Alte Pinakothek로 이동하여 고흐의 해바라기, 클림트, 고갱, 세잔, 미켈란젤로, 렘브란트, 뒤러, 루벤스의 대작 작품방들을 둘러보고 뒤의 공원에서 휴식한 후 Olympia 1의 BMW Welt에 위치한 ESS Zimmer로 7시 예약에 맞춰 식사하러 갔다. 미슐랭 3star이나 7course로 값이 비싼 반면 소스가 다양하지 않고 후식으로 달디단 음식이 5개로 너무 많이 나와 조금 맞지 않았다. BMW welt는 미래도시처럼 사무실 박물관 전시장 체험관이 부드러운 곡면으로 연결된 아름다운 건물로 과연 BMW 본사 다웠다.

집사람이 9시 30분을 넘긴 시간에 우버를 사용하여 정확하게 태워주고 내려주며 카드로 자동 결제되는 신공을 보여 주었다.

9월 14일 토요일 12시 50분 프랑크푸르트 공항행 ICE까지는 시간이 있어서 12일 못본 Residenz로 향하였다. 어제 궁전과 미술관을 빵빵하게 봐서 기대감이 낮았으나 입장한 첫 방부터 감탄으로 바뀌었다. Nymphenburg 별궁과는 비교가 안되는 규모로 그냥 돌아보는데만 1시간 30분 걸렸다. 뒤편의 거리로 가서 집사람이 좋아하는 신발을 산 후 숙소로 와서 맡겨둔 짐을 찾고 중앙역에서 간단한 음식을 산 후 12시 30분 프랑크푸르트 공항으로 가는 ICE를 탔다.

프랑크푸르트에서는 남역에만 서고, 중앙역에 들리지 않고 바로 공항 1터미널에 내려 셔틀버스를 타고, 2터미널에 도착하였다. tax-free로 산 물건은 부치면 안되고 출국 수속 후 물건을 보여주고, 돈을 받은 후 쇼핑이나 라운지에 있다가 보안검색을 해야하는게 팁이다. 미리 보안검색을 마치면 게이트 대기 밖에 할 일이 없다.

독일의 일부만 돌아보았지만 도시 중간의 여유로운 공원들과 문화 시설들, ICE 이동 중 보여지는 울창한 숲과 농장들, 풍요로운 먹거리들이 인상 깊었던 여행으로 다시 오고 싶은 나라였다.

# 나의 가족들

**권기홍**(서울e라움치과 원장)

나와 함께 살아가는 가족들이 나의 가장 큰 재산
그들과 좋은 것을 나눌수록 행복과 보람이 넘친다

갑자기 할아버지가 되었다. 오랜 유학생활 후 졸업장을 우리 부부에게 안겨주었던 일이 엊그제 같았던 큰 딸이 몇 년 전 시집가더니 이듬해 이쁜 딸을 덥석 안겨 주었었다. 미처 준비가 안되어 당황스러웠고 어떻게 할아버지 흉내를 낼 것인가 한 때 고민되기도 했었지만, 손주가 너무 귀여운 나머지 내외간에 손녀 바보가 된 느낌이다. 지금은 멀리 떨어져 있어 영상으로만 만날 수 밖에 없지만 하루가 다르게 자라나는 모습을 보면 하루의 고민과 피로가 다 씻겨지는 기분이다.

벌써 30년도 전에 경북 영천 3사관학교에서의 훈련 시절이 생각난다. 같은 내무반 생도가 어느 날 전화 통화 중 눈물을 뚝뚝 흘리는 것이었다. 이유인즉, 그 부인이 방금 셋째를 출산했는데 또 딸이었다는 것. 그토록 바라던 아들이 안 나와 마냥 슬퍼하는 부부를 보면서 참 안됐다, 설마 나는 저렇게 안되겠지 하고 생각했었다. 그런데 몇 년 흘러, 필자도 세 딸의 아빠가 되었다. 유교가 강한 가문의 6대 종손이었기에 온 집안에서 아들을 고대하고 있었지만, 결국 대를 끊고 말았던 것. 부모는 매우 서운해 하셨지만 우리 부부는 하늘에서 내려준 이 귀한 선물들을 키우며 즐겁게 살아온 것 같다. 공중보건의 복무를 마치고 부산에서 10년간 개업해 있으면서 아이들을 키웠지만 여느 가정과는 약간 다른 교육을 시킬 수밖에 없었던 것 같다. 필자는 교회와 선교단체 일로 바빴고 아내는 전공인 현대무용단의 활동으로 분주하여, 자녀들과 동시에 많은 시간을 함께 보내기가 어려웠다. 동생들이 태어나면서 거의 자기들끼리 노는 시간이 많았는데도 밝고 건강하게 자라준 것에 감사할 따름이다. 우리 부부의 몇 가지 교육철학 중 하나는 간섭하지 않고 스스로 경험하고 깨닫고 실천하게 하는 것이었다. 종종 초등학생이었던 큰 딸이 동생들 손을 잡고 목욕탕에 다녀오게도 했었는데, 동네 아주머니들이 안쓰럽고 기특하게 여겨 주셔서 목욕을 다 시켜주기도 하였다고 한다. 주말에는 멀리 사는 부모님 댁으로 함께 버스를 타고 스스로 찾아가게 한 적도 여러 번 있었다. 운전기사와 승객들은 깜짝 놀라 이렇게 물어보더라는 것; '엄마는?' 아무 걱정도 하지 않고 세 아이는 환승 정류소 앞의 가게에서 차비 중 남는 돈으로 과자 사 먹는 재미로 즐겁게 가곤 했었다. 물론 당시에도 유괴사건이 많았던 기억이 난다. 지금 돌이켜 보니 아찔한 느낌이 들기도 하지만 용감 무식한 부모가 무모하게 방목한 실수가 세 딸이 넓은 세상을 힘차게

다닐 수 있도록 독립심을 키워주는 좋은 훈련이 되었다고 믿고 있다.

2001년, 온 가족이 몽골에 선교사로 갔다. 필자는 주중에는 한몽 합작의 '연세친선병원'에서 현지 환자들을 진료함과 동시, 현지 치과의사들을 지도해 주었고, 아내는 예술 전문성을 가지고 현지인들에게 도움을 나누는 시간들이 되었다. 가장 큰 문제는 자녀들의 학업. 중학교 1학년을 중퇴하고 들어간 큰 아이는 그냥 홈 스쿨을 하고 둘째는 초4 때 중국으로 무용 유학을 시켜 1년간 보낸 덕에 중국인학교에서 금세 적응해 갔다. 초1을 다니던 막내는 장래에 도움이 되리라 생각하여 언어 준비가 전혀 없었음에도 러시아학교 1학년생으로 들여보냈다. 초기에 정말 힘들었지만 반년쯤 지나니 그런대로 잘 적응해 갔다. 선진국으로 유학을 보내는 동료들과 비교해 볼 때 내가 과연 자녀들을 제대로 교육하고 있는 것인가 회의를 가질 때도 없지 않으나 돌이켜보니 우리 집으로서는 자녀교육에 이보다 더 좋은 경험은 없었던 것 같다. 짧은 2년간의 선교 및 봉사활동을 마치고 돌아온 이후 세 딸은 모두 검정고시로 중고등학교를 마치고 독일로 건너가서 대학을 다녔는데(실은 미국으로 보낼 형편이 안되었고 독일은 학비도 없는데다 불필요한 세속문화에 영향을 덜 받을 거라는 확신 때문이었다) 큰 아이는 필자와 같은 치과의사가 되어 함께 일하다가 가족과 함께 독일에 거주하며 일하는 중이고, 둘째도 무용을 전공한 후 돌아와 아내의 무용단에서 같이 활발하게 돕기도 하고 개인 작업도 열심히 한다. 동호회에서 만난 멋진 총각과 연애하더니 지난 여름에 백년가약을 맺었다. 셋째는 독일에서 학부를 다니면서 1년 동안 터키에서 언어를 배우며 선교사로 보낸 적이 있는데 이제 귀국하여 S대 대학원을 마치고 계속 다른 나라를 돕는 일에 힘쓰고 있다. 모두가 어릴 적부터 다양하게 외국 생활들을 경험한 터라 서너 외국어들을 구사하면서 세계의 많은 사람들과 폭넓은 만남과 교류를 즐기며 살아가게 된 것은 큰 축복이 아닐 수 없다고 본다.

필자는 또한 40년 된 두 번째 가족이 있다. 바로 〈전문인국제협력단〉이라는 봉사활동 단체인데, 대학 졸업반이었던 1983년 말에 결성되었다. 한 부부를 중동의 T국으로 파견하면서 후원회 식으로 출발한 모임이 지금은 국내에서 가장 큰 자원봉사 파견 단체가 되었다. 부산에서 개업하는 동안 지부장을 맡아 섬기는 가운데 지구촌의 어려운 민족과 나라들에 대해 들으며 또 직접 방문하며 배우는 시간들이 몇 번 있었다. 한국이 받은 축복이 얼마나 큰 지 새삼 깨달으면서 우리도 작은 힘이지만 잘 모아서 도울 수 있다는 것을 알게 되었다. 10년 개업과 몽골에서의 2년간 봉사활동기간을 지낸 후 지금까지 이십년 간 서울에서 개업의로 있으면서 이 단체와 함께 가난한 나라와 주민들을 직간접으로 돕는 일을 하고 있는 중이다. 이 단체는 특히 다양한 세대와 대상을 위한 봉사교육훈련 프로그램들을 전국적으로 진행하고 있는데, 필자는 주로 청장년들을 위한 과정에서 강의를 하며 훌륭한 자원봉사자들로 준비될 수 있도록 독려해 왔다. 나눔과 봉사의 비전을 나누다 보면 잠시 흐트러졌던 내 삶도 추스르면서 더욱 배우게 되는 것 같다. 우리 단체의 회원들은 비록 일반적인 관점에서 볼 때는 대부분 평범하고 별로 가진 것 없는 사람들이지만, 마음만은 얼마나 행복하고 윤택한지 모른다. 강의가 있는 날이면 긴장이 된다. 자칫 늦어지기 쉬워, 열심히 진료하다가도 열차나 버스 출발시간이 임박하면 부리나케 달려나가 몸을 싣곤 한다(사실 이 활동을 고려해서 서울에, 그것도 교통의 요지에 개업지를 정했던 것이다). 지금까지 이 단체에서 자주 만나고 대화하는 선후배들은 마치 목숨을 함께 하는 전우들과도 같다. 함께 이 공동체를 시작한 선후배 일꾼들은 수십 년을 함께 일하면서 이제 거의 한 가족처럼 가깝고 긴밀하게 협력하는 관계가 되었다. 우리 나라도 어려웠던 시절이 불과 한 세기 전에 있었다. 받은 사랑과 은혜를 또 다른 나라와 민족들에게 나누어 주는 것이 당연하지 않겠는가.

실로 치과라는 일터는 많은 만남의 요람인 것 같다. 환자들과의 단순한 진료에 관한 대화뿐 아니라, 삶의 다양한 문제도 듣고 상담하는 시간이 되기도 한다. 특별히 필자가 근무하는 곳 2층은 아담한 모임 공간이 있어 낮에는 환자들과 상담도 하고 저녁엔 각종 모임 장소로 활용하며, 주일 낮에는 가정교회 모임이 이루어지기도 한다. 하지만 하루 중 가장 많은 시간을 함께 보내는 사람들은 단연

치과 식구들이다. 비록 치과위생사 2명과 아르바이트 직원까지 합하여 4명에 지나지 않는 작은 공동체이지만 그 좁은 공간에서 하루를 다 보낸다. 아침마다 조회를 하면서 그 날의 일들과 예약 환자들을 점검하고 의견을 나눈다. 고통받는 환자들을 잘 보살피고 돕는 사명을 받은 서비스 직들이지만, 더 중요한 것은 직원들과의 소통이고 하나된 마음임을 시간이 흐를수록 깨닫는다. 이를 위해 필자는 지금까지 개업해 오면서 늘 아침 조회 시에 함께 기도하고 주중 일 회 진료시간을 비워서 직원들과 성경을 배우기도 한다. 또한 녹록지 않은 현실이지만 종종 해외의료봉사에도 직원들을 데려가거나 보내기도 해 왔는데, 더욱이 2년간이나 이어진 코로나 사태로 자꾸 미뤄지는 것 같아 아쉽기만 하다. 어서 이 코로나 시대가 끝나서 자유롭게 함께 다녀오고 싶다.

매일 아침 6시에 나의 줌 주소로 여러 사람들이 접속한다. 새벽에 서로를 위해, 나라를 위해 기도하는 모임이다. 필자는 더 일찍 일어나서 먼저 준비하고 들어간다. 벌써 2년이 다 되어가는데 아침마다 만나니 한 가족보다 더 가까운 느낌이다. 누가 어려운 일 당하면 간절히 기도하는 것은 기본이고, 서로서로 시간과 비용을 내서 돕는다. 좋은 일을 함께 하기 위해 모인 이 착한 사람들과 함께 나의 삶을 보낼 수 있다는 것이 나날이 큰 기쁨으로 다가 온다.

내게 주신 이 가족, 공동체들이 있어 내 삶이 메마르지 않고 늘 촉촉한 양분을 얻는다. 정말 감사하고, 사랑스럽고, 귀하다. 가끔은

혼자 있고 싶을 때도 있지만, 이토록 사랑스런 가족들과 함께 누리는 행복은 결코 잃고 싶지 않다. 앞으로도 계속 바로 내 곁에 있는 이들부터 시작하여 더 많은 사람들을 사랑하며 살아 가련다.

"가장 중요한 때는 지금입니다.
가장 중요한 사람은 지금 나와 함께 있는 사람입니다.
가장 중요한 일은 지금 나와 함께 있는 사람을 위해 하는 일입니다."

〈레오 톨스토이〉

# 빈틈

김동석(춘천예치과 원장)

완벽해 보이는 사람에게 자신의 결점 내보이기 싫어
열정 가진 사람에게서 느껴지는 빈틈이 인간의 모습

매년 이맘때쯤이면 아카데미 시상식이 열립니다. 최근 봉준호 감독이 아카데미 시상식은 지역축제일 뿐이라고 폄하했지만 그 상업성과 파급력이 얼마나 대단한지 누구보다 잘 알기 때문에 그 자신도 분명 욕심을 내고 있을 법한 시상식일 겁니다.

아카데미 시상식에서 가끔 기립박수 장면을 보게 됩니다. 일반적으로 공로상을 받는 영화계 원로들의 경우입니다. 하지만 간혹 기립박수를 받는 현역배우가 있습니다. 필자가 가장 감명 깊은 기립박수로 기억하는 것은 1993년 〈여인의 향기〉로 남우주연상을 받은 알 파치노입니다. 당시 53세의 명배우가 기립박수를 받은 것이 남다르게 느껴지는 것은 〈대부〉, 〈형사 서피코〉, 〈허수아비〉, 〈칼리토〉, 〈뜨거운 오후〉, 〈스카페이스〉를 통해 잊을 수 없는 열연을 펼쳤던 그가, 당연히 남우주연상을 이미 두어 번은 받아 마땅한 배우가 5전 6기만에 이룬 일이었기 때문입니다. 하지만 제가 아직도 그 장면을 인상 깊게 기억하는 이유는 따로 있습니다.

영화 속에서는 카리스마 있고 청산유수로 말하는 그 알 파치노가, 안경을 쓰고, 안주머니에서 종이 한 장을 꺼내 더듬으면서 시상 소감을 읽는 것이었습니다. 그의 목소리는 가늘게 떨리기까지 했습니다. 그는 감사드리고 싶은 많은 사람의 이름을 행여 놓칠까 봐 써 놓았다며 천천히 그것을 읽어 내려갔습니다.

많은 사람들이 그에게 큰 박수를 보냈습니다. 저는 그 명배우의 인간적인 모습에 더욱 큰 박수를 보냈습니다. 만약 그가 영화 속의 주인공처럼 청산유수의 언변으로 카리스마 넘치는 시상 소감을 말했다면 아마 사람들은 "그래, 정말 말 잘하는 잘난 배우구나"라고 생각을 하지 그의 인간적인 매력을 느끼지는 못했을 겁니다. 저는 아직도 카리스마 넘치는 영화 속 알파치노를 보면 그때의, 시상식장의 인간미 넘치는 모습이 생각나서 아무리 고약한 악역을 맡아도 그를 미워할 수가 없더군요.

실수를 하고, 빈틈이 많다는 것이 꼭 인간적인 매력이라고 볼 수는 없습니다. 똑같은 실수를 자꾸 반복한다면 오히려 매력이 없어지겠죠. 하지만 지나치게 완벽해 보이는 사람은 다른 사람에게 열

등감과 시기심을 불러일으키고 상대방을 불편하게 합니다. 또한 완벽해 보이는 사람에게는 자신의 결점을 보이기 싫어하는 것이 인간입니다. 따라서 경계를 하게 되고 지속적인 관계를 유지할 수 없게 됩니다.

심리학자들은 빈틈을 보이는 사람에게 호감을 가지게 되는 이유를 다음과 같이 이야기합니다.

첫째, 자신이 우월감을 갖게 되어 그 사람과 있으면 우쭐한 마음이 들어서 기분이 좋아집니다. 둘째, 빈틈을 보이는 사람에 대해 솔직하고 진실한 사람이라는 생각을 갖게 됩니다. 셋째, 결점을 솔직하게 보여주는 사람에게는 경계심이 없어지고 마음을 열 수 있게 됩니다. 그 사람에게는 자신의 결점을 이야기해도 괜찮겠다고 생각하게 됩니다.

우리는 말을 잘하려고 노력합니다. 물론 실언을 하지 않기 위해 노력하고 조심해야 하는 것이 맞습니다. 하지만 완벽하게 이야기하려고 하면 진솔하지 못하고 비인간적으로 보일 수 있습니다. 20세기 정치인 중 최고의 연설가로 유명한 처칠의 한 일화입니다.

어느 초선의원이 있었습니다. 그는 완벽하고 유창한 연설을 마치고 처칠에게 자신 있게 다가가서 자신의 연설이 어떠했는지 물었습니다. 연설의 대가 처칠이 해준 충고는 이랬습니다.

"다음부터는 좀 더듬거리면서 말하게."

치과에는 간혹 사회적으로 유명인사이거나 누가 봐도 예쁘고 잘 생긴 환자가 찾아옵니다. 직원들의 부러움을 받고 완벽해 보이기까지 합니다. 하지만 막상 치아 상태가 좋지 않아서 당황스러울 때가 있습니다. 치과질환의 특성상 대부분 '게으름'이 유발한 병이라는 생각 때문에 무척 창피해합니다. 필자는 그럴 때 그분의 인간적인 빈틈이 느껴집니다. 그리고 저의 빈틈을 살짝 알려드립니다. 인간적으로 가까워지는 계기는 의사의 완벽함으로 환자를 지배하는 것이 아니라 서로의 빈틈일 수도 있습니다.

우리가 간과해서는 안 될 것이 있습니다. 허점투성이인 사람에게 있는 빈틈은 인간적인 빈틈이 아니라는 겁니다. 무능력하고 별 볼 일 없게 보일 뿐입니다. 노력하고 자신의 일에 열정을 가진 사람에게서 느껴지는 빈틈이 인간적인 것입니다. 당신에게 보이는 결점이 바로 그런 빈틈이 되었으면 합니다. 스펀지는 빈 공간이 있기 때문에 물을 흠뻑 빨아들일 수 있습니다. 다른 사람을 빨아들일 수 있는 매력적이고 인간적인 빈틈이 있으십니까?

# 아버지의 칠순

김병준(하남시·서울네이처치과)

한국 나이는 체계가 두 종류여서 기념일 쉽게 헷갈려
한 집안의 가장으로서 짊어지고 가는 일종의 책임감

아버지는 1950년에 태어나셨으니 내년이면 만 70세가 되시는 것이었다. 솔직히 말하면 필자는 작년 여름부터 병원을 이전하는 일에 정신없이 바빠서 아버지의 나이는 잊고 지내고 있었다. 막연히 아버지가 60대 후반을 지나고 계신다는 것과 가끔 뵐 때마다 손에 검버섯 같은 것이 조금씩 더 눈에 띄기는 하지만 비교적 나이에 비해 건강하셔서 감사하다는 것 정도만을 스쳐가듯이 잠깐씩 생각하고 있었을 뿐이었다. 슬픈 일은 길게 생각하지 않고 빨리 흘려보내려고 하는 일종의 회피본능 같은 것이 작용했는지도 모르겠다. 부모님이 매년 조금씩 늙어간다는, 당연하지만 어쩔 수 없는 사실을 떠올리면 자꾸 슬퍼지기만 하니까 말이다. 생각해보니 아주 어렸을 적이었는데, 누구나처럼 필자의 부모님도 시간이 흐르면 늙고 병들고 결국은 죽게 된다는 그 당연한 사실을 받아들이기가 어려워 밤새도록 울어버렸던 날도 있었다.

그런데 몇 주 전 어느 날 누나에게서 전화가 왔다. “너 올해 아버지 칠순인거 알어?” 약간은 다급한 목소리였다. 진료 중에 전화를 받은 필자가 성의없이 대꾸했다. “무슨 소리야. 50년생이시니까 2020년이 70이지.” 그러나, 결론부터 말하면 필자가 틀린 것이었다. 환갑은 육십갑자가 한바퀴 돌았다는 의미가 있어서 만 60세, 우리나라 나이로는 61세인 것이고, 칠순은 우리나라 나이 셈법으로 따져서 70세, 그러니까 만 나이로는 69세로 따진다는 것이었다. 인터넷 검색창에서 찾아보니 ‘너같은 사람 여럿 있다’는 듯이 친절하게 설명되어 있었다. 필자의 누나도 오늘 그 사실을 알고는 바로 필자에게 전화했다고 했으니 전화기 너머로 들리는 목소리가 약간은 상기되어 있는 것도 이상할 것이 없었다. 왜냐하면 바로 다음 주에 아버지 생신이 돌아오고 있었기 때문이었다. 칠순은 만 나이로 따지는 것이 아니고 한국 나이로 따진다는 것을 왜 필자는 모르고 있었던 것일까. 왜 우리나라는 나이 체계가 두 종류인 것일까 생각하며 누나와의 대화를 이어갔다.

요즘은 칠순 기념으로 어떤 거창한 잔치 보다는 해외여행을 보내드리는 것이 트렌드인 것 같았다. 그러나 부모님 두 분이 매년 한 번 정도는 해외여행을 다니시기 때문에 이것은 그다지 감동적인 선물이 될 것 같지는 않았다. 게다가 이번에 부모님 두 분이서 계획하신 미국 서부여행 출발 예정일이 바로 내일모레였으니 칠순 기념여행은 더욱 애매모호한 상황이었다. 그러니까 아버지 칠순 기념 여행을 계획한다면 자식들인 우리 남매와 사위, 며느리, 손자, 손녀들이 함께 가야만 의미가 있다는 것이 우리의 결론이었다. 그렇다면 이것은 수개월 전부터 미리 계획했어야 하는 것이었으므로 당장은 실행이 불가능했다. 결국 대가족이 함께 가는 여행은 여름이나 가을로 미루어 다시 차근차근 준비하기로 했다.

누나와의 전화를 끊고 잠시 생각에 잠겼다. 아니 아마도 그 후로 며칠동안 아버지에 대한 생각을 했던 것 같다. 아버지가 벌써 70년을 사셨다니…. 아버지를 생각하니 떠오르는 게 있다. 아버지에게는 얇은 노트가 하나 있었는데, 일종의 재무 계획 노트 같은 것이었다. 적어도 필자가 가끔 곁눈질로 볼 때는 그랬다. 아버지는 거의 매일 저녁마다 그 노트를 펴보시고 무엇을 열심히 적기도 하고, 그냥 뚫어지게 쳐다보며 골똘히 무엇을 생각하기도 하셨다. 아버지는 평생을 공무원으로 사셨기 때문에 큰 돈을 만질 일도 없었고 그저 검소하게 사시는 것 밖에는 답이 없었을테니, 그 노트는 매일 펴 볼 만한 것은 아니었을 것이고 그 노트에 매일 적어야 할 내용은 더더욱 없었을 것이다. 아마도 그 노트에 적은 내용은 자식들의 대학 등록금을 어떻게 마련할 것인지, 결혼자금은 어떻게 마련할 것인지 등에 관한 것이었을 것이다. 그러니까 아버지에게 그 노트는 한 집안의 가장으로서 짊어지고 가는 일종의 책임감과 같은 것이었고,

그 노트를 열어보는 시간은 하루를 마무리하며 내일도 열심히 살리라는 다짐을 되뇌이는 그런 시간이었으리라. 아버지는 가장으로서의 책임감을 그 무엇보다 중요하게 생각하는 분이셨다.

누나와 며칠간의 논의 끝에 시내의 한 호텔 뷔페식당을 예약하고, "축 칠순"이라고 쓴 떡 케이크도 주문했다. 기념 선물로 드릴 닷돈짜리 금반지도 미리 맞추었다. 부모님 두 분과 자식, 사위, 며느리, 손자, 손녀, 그리고 필자의 곧 태어날 아기까지… 식당에 모여 앉으니 정말 대가족이었다. 떡 케이크에 양초 7개를 꽂고 온 가족이 축하노래를 불렀다. 그렇게 준비가 부실했던 아버지의 칠순 기념 식사모임은 가까스로 잘 끝났다.

이제는 불혹을 넘겨버린 자식들이 부모님을 챙겨야 할 때인데, 아직도 필자는 부모님의 챙김을 계속해서 받고 있다. 언제나처럼 아버지, 어머니는 어제도 아들의 병원에 오셔서 뭐 필요한 게 없는지 도울 것이 없는지 살뜰히 챙기고 가셨다. 이제는 자식들 뒷바라지의 책임감과 의무감에서 부모님을 해방시켜드려야 할텐데, 필자는 이제 곧 둘째 아이까지 태어나면 부모님에게 도움을 청하지 않고 과연 살아갈 수 있을까.

# 스페인 여행

김봉옥(비오케이김봉옥치과 원장)

가우디 창의력과 천재성이 그대로 드러난 세상에 하나뿐인 성당
성당이 태양의 움직임 따라서 다른 색으로 행복한 분위기 나타내

유럽에 살고 있는 딸과 만나서 이야기도 나누고 얼굴도 볼 겸 안 가본 데를 찾다가 바르셀로나에서 만나기로 약속했다. 서울에서 가려면 비행시간이 12시간이 넘는다. 런던에 사는 딸은 두 시간만에 도착해서 짐 찾는 곳에서 둘이 쉽게 잘 만났다. 딸은 여기를 몇 차례 와 봤던 곳이라 하여 모든 일정을 딸에게 맡겼다.

바르셀로나에 오기 전 유튜브에서 찾아보니 건축가 가우디의 건축물이 제일 볼만한 것 같았다. 공항에서 택시를 타고 시내에 있는 호텔에 와서 짐을 풀고 걸어서 바로 가우디가 만들다가 완성하지 못하고 죽은 성가정 성당으로 갔다. 성당이 커서 몇 블록 멀리에서도 그 모습을 볼 수 있었다. 보는 순간에 벌써 가슴으로 놀라움과 경외심이 차올라 오니 발걸음이 저절로 빨라졌다. 유럽의 여느 성당과도 다르고 가우디의 창의력과 천재성이 그대로 드러난 세상에 단 하나뿐인 성당 모습이다. 1882년에 시작해서 지금까지 137년

동안 지어지고 있다. 가우디가 죽은지 백년이 되는 해인 2026년에 완공될 예정이라고 한다. 한편에서는 성당 건축을 위한 스카폴딩과 높은 크레인이 설치되어 성당 짓는 일이 활발히 진행이 되고 완성된 부분에서는 미사도 보고 관광객들이 내부도 둘러보는 모습이 역사의 한 장면을 보는 것 같았다.

외부는 예수님의 일생을 나타내는 3개의 주제로 탄생, 열정, 영광으로 되어 있다. 이를 모두 조각으로 나타내어 성당의 외부에 설치되어 있다. 동방의 세 박사들, 요셉, 마리아와 아기 예수님, 목수일 하는 예수님, 가브리엘과 다른 천사들, 12제자들, 빌라도 총독, 로마 군인, 예수님 옆구리를 찌르는 로마군인, 최후의 만찬, 예수님께 키스하는 유다, 새벽닭과 예수님을 부인하는 피터, 십자가를 진 예수님, 십자가에 매달린 예수님, 예수님의 시체를 보고 슬퍼하는 마리아 상이 모두 주제에 맞게 조각되어 있다. 어떤 조각은 실제의 모델을 써서 만들고 어떤 것은 추상작으로 만들었는데 모두 보기에 좋았다. 들어가는 문도 모두 조각이 되어 있고 문의 나무 두께가 반 미터는 되어 보이는데 주기도문 첫 구절을 여러 나라의 글자로 새겨 놓았다. 우리나라 글(하늘에 계신 우리 아버지 저희에게 일용할 양식을 주시고)도 있고 일본 중국의 한문 기도문도 보인다.

내부는 2012년에 마무리를 했다. 내부의 테마는 숲속이다. 가우디는 어릴 때 숲속에서 많은 시간을 보냈는데 숲속에서 하느님을 가장 가까이 느낄 수 있었다고 한다. 성당을 들어서서 위를 보면 가슴이 두근거린다. 나뭇가지 같은 기둥은 지붕 위 하층을 받쳐주고 동시에 빛이 내부로 확 쏟아져 내려 올 수 있게 하는데 창문의 스테인리스 유리의 아름다운 색깔이 그대로 실내를 비추어 환상적인 장면을 연출한다. 가우디의 주문은 성당이 색채와 빛의 심포니이어야 한다고 했는데 후에 Joan이 훌륭하게 이를 실현 시켜서 한무리의 푸르고 초록빛 색채는 아침에 빛나고 다른 붉은 계통의 색은 석양에 빛을 발해서 성당이 해의 움직임에 따라 다른 색으로 행복한 분위기를 나타낸다. 그러면 밤에는 어떤 색이 보일까요? 해가 진 다음에는 내부의 등이 켜져서 각각의 색이 비추이기 때문에 기대하지 못한 훌륭한 모습이 드러난다. 이를 짧은글 실력의 필자로서는 다 표현할 방법이 없는데 보는 이들이 모두 감동의 물결에 젖게 된다.

바르셀로나에는 그 당시 이미 좋은 고딕 양식의 성당이 여러 개 있었는데 도시가 점점 커진다고 바르셀로나 시민들은 새로운 지역에 새로운 성당을 짓기로 결정 한 게 이 Sagrada Familia의 시작이 되었다. 기금은 완전히 신자들의 기부금인데 자금이 충분하여 가우디가 마음껏 일할 수 있었고 지금까지도 일반인들의 기금으로 재원을 마련하지 정부의 보조는 없다고 한다. 부러운 대목이고 역사와 전통이 있어야 가능하겠다. 우리도 좀 기다리면서 애쓰면 언젠가 저런 건축물이 나오리라 믿는다.

바르셀로나에서 가우디의 Sagrada Faamilia를 보고 감동에 젖어 길을 가는데 저 멀리서 건물의 정면에 아이들이 그린 것같은 그림이 새겨져 있는게 보인다. 유심히 보니 보통 그림이 아니다. 1955년에 Archtects College가 새로운 본부를 지으면서 입구의 장식을 파리에 있는 피카소에게 부탁하여 sandbast 기법으로 만든 예술품이다. 아직 그대로 잘 보존이 되어 길가는 사람들이 공짜로 피카소의 작품을 감상할 수가 있다. 이 학교의 실내 장식은 미로가 하기로 내정이 되어 있었는데 피카소가 자기가 하겠다고 해서 내부장식도 마무리했다고 한다. 이 에피소드를 들으면서 같은 시대에 활동한 두 예술가를 가진 바르셀로나가 부러웠다.

말라가에서 1881년에 태어난 피카소는 13살 때 바르셀로나로 와서 살았다. 커다란 수도인 바르셀로나를 보고 피카소 마음에 쏙 들었고 the Barcelona Schools of Fine Arts에서 미술을 공부했다. 나중에 파리에 가서 작품 활동을 했지만 피카소는 바르셀로나에 대해 "모든 것이 바르셀로나에서 시작되었고 내가 얼마나 멀리 갈 수 있는지 알게된 곳"이라 하며 특별히 여겼다. 그래서 1960년 피카소가 친구 Sabartes와 같이 자기 작품을 바르셀로나 시의회에 기증하고 이 작품들을 위해 미술관이 설립이 되었는데 후에 많은 사람들이 더 기증을 하여 지금처럼 많은 작품을 가진 미술관이 되었다. 피카소 미술관은 시내에 있는데 초기의 피카소 작품을 볼 수 있고 미술관 건물도 볼거리라고 하여 거기를 가보기로 했다. 오리지널 미술관 건물은 13~15세기에 지어졌다고 하니 800년이 되었는데 여러 차례 보수를 하여 아직도 잘 쓰고 있다. 내가 사는 서울의 아파트는 40년이 되었는데 부수고 새로 지어야 한다고 하는데 바르셀로나 사람들은 어떻게 800년 동안 건물을 유지하고 지금까지 요긴하게 쓰고 있는지 놀랍고 본받을 점이다. 미술관은 구조가 왕궁처럼 웅장하고 보이는 천장 장식도 대단한데 내부의 그림을 전시한 공간은 모던하고 그림이 돋보이게 잘 짜여 있다.

피카소는 추상화의 대가로 알고 있었는데 초기의 그림은 14살 때, 사실화이다. 〈베레모를 쓴 남자〉는 피카소의 훗날에 보이는 추상끼가 전혀 없다. 풍경, 아버지, 어머니, 이모, 자신의 초상들까지 바르셀로나에서의 청소년 때 피카소의 그림은 훗날의 피카소와는 완전 다른 모습을 보여준다. 작품의 감상은 개인적인 취향이어서 여행기로 말하기가 어려운데 피카소가 1957년에 마드리드의 프로도 미술관에 있는 1656년의 Velazquez의 Las Meninas를 보고 이 대가의 그림을 자기식으로 바꾸어 58편의 〈Meninas series〉를 그린 것을 소개하고 싶다. Las Meninas는 Velazquez가 그린 그림으로 지금 보아도 350여년전 옛날 그림으로 보이지 않고 모던하게 보이는 스페인이 자랑하는 화가의 대표적 그림이다. 여러 공주가 보이고 그림 그리는 화가 자신의 모습도 있는데 피카소가

Velazquez의 Meninas를 피카소의 Meninas로 여러 편을 만들었다. 얼마나 자신에 찬 행동인가, 이 그림은 피카소의 Guernica 만큼 각광을 받지는 않은 것 같은데, 내가 묵은 호텔 로비와 복도, 방에 피카소의 Meninas를 지역의 화가들이 나름대로 재해석해서 그린 그림들이 걸려 있으니 바르셀로나에서는 피카소의 영향이 크고 사랑받는 것을 느낄 수 있었다.

바르셀로나에는 다른 유명한 화가가 또 있다. 미로인데 피카소와는 다른 스타일로 바르셀로나 시민의 생활에 영향을 미치고 있다. 세계의 사람들에게 영향을 주었다고도 할 수 있다. 바르셀로나 시내에 있는 미로 박물관에 가면 조각품 동상이 있는데 스필버그 감독의 영화 E.T.와 똑같이 생겼다. 미로의 작품이 먼저 만들어졌으니 스필버그가 따라한 게 틀림 없다. 이 두 분이 모두 1900년대 전반에 활동하던 분들인데 요즘도 바르셀로나에 화가들이 많이 있는지 궁금하다.

# 자랑스러운 치과의사

김상환(서울·청담메타디치과 원장)

치과의사가 되어 세상에 해줄 것이 많다는 것 즐거워
보다 넓게 멀리서 숲을 보고 한 그루 한 그루 치료를

올해로 치과의사가 된지 20년이 됩니다. 처음 치과대학에 입학한 것으로부터 하면 치과계에 들어온지가 벌써 26년이 되네요. 이제 제 인생의 절반 이상을 치과라는 영역에서 살아온 셈입니다.

나는 치과의사라는 직업이 너무나 자랑스럽습니다. 치과의사가 되어 세상에 해줄 것이 많다는 것이 즐겁습니다. 내 개인적인 성향이나 성격이 치과의사랑 잘 맞지 않는 부분도 많습니다. 아마도 저는 시간이나 공간에 보다 자유롭고 창작적인 일을 더 좋아하는지도 모르겠습니다. 제가 자랑스럽지만 아직도 그렇게 좋아하는 직업은 아니라고 말하는 이유입니다.

처음부터 치과의사라는 직업이 지금처럼 자랑스러운 것도 아니었습니다.

어려서 원하던 꿈은 과학자였습니다. 로봇을 만들고 컴퓨터를 다루고 과학자가 정확히 뭔지도 모르는 상태에서 막연하게 로봇을 만들고 싶다라는 꿈이 있었고 재미난 이야기로 제 꿈은 정확히 '로봇 태권브이를 만들어서 공산당을 쳐부순다.'였습니다.

그러다 대학입시에 두 번 낙방하고 우연한 기회에 쓰게 된 치과 대학 원서. 그리고 합격.

중간에 많은 일들이 있었지만 그만두고 싶다는 생각도 여러 차례 했었고 정말 적응하지 못하고 그렇게 6년이란 세월을 보냈습니다.

돌아보면 참 많은 일들이 있었습니다. 모두가 나로부터 비롯된 일들이긴 합니다.

치과를 개업하고 힘들고 재미없을 때마다 치과대학을 추천해주신 아버지 원망을 많이 했습니다. 나중에 안 일이지만 사실 치과대학을 가서 치과의사가 되면 이런게 저런게 좋겠지 하고 제가 선택해서 제가 지원한 것이었습니다. 제가 선택하고 제가 책임질 일을 아버지 원망으로 대신한거였죠. 지금은 그렇지 않습니다. 모든 일에 제가 선택하고 제가 책임집니다.

그래서 어쩌면 치과일이 재밌어 졌나봅니다.

내 아이가 영구치 앞니가 처음 나올 때 삐뚤어지게 나는 것을 보았습니다. 저는 고민에 빠졌습니다. 왜 내 아이가 앞니가 삐뚤어지지? 치과의사로서 평소에는 교합이라는 것에 빠져 있긴 했지만 아들이 앞니가 삐둘게 나는 이유가 너무나 궁금했습니다. 그리고 영구치가 다 나올 때까지 기다렸다 공간이 좁으면 발치해서 교정을 하는 것 대신에 될 수 있으면 이를 빼지 않고 미리 뭔가를 해 줄게 없을까를 찾기 시작했습니다.

그러면서 공부에 대한 부족함을 느껴 늦깎이로 연세대 구강해부학교실에 들어가서 석사도 받고 지금은 박사과정에서 공부하고 있습니다.

아들이 내게 치과의사로서 자랑스럽게 살 수 있는 기회를 준 것입니다.

그 이후로 6년이 흘렀습니다.

나는 지금 10년동안 치과를 하던 동네를 떠나 새로운 곳에서 새롭게 치과를 시작했습니다.

새롭게 세상에 이야기하고 싶은 꿈이 생겨 새 둥지를 틀었습니다.

내가 치과의사로서 이 대한민국 모든 분들게 하고 싶은 이야기는 이것입니다

"치아를 정말 정말 중요합니다. 다이아몬드처럼 소중하게 아껴주십시오."

"치아의 건강이 전신의 건강이고 전신의 건강이 교육의 건강이고 교육의 건강이 나라의 건강입니다."

세상에 외치고 싶습니다. 그리고 알려주고 싶습니다.

치아의 건강이 전신 건강의 첫걸음임을. 그렇게 하기 위해 교정도 필요하고 근기능운동도 필요하고 어려서부터 입으로 숨쉬지 않도록 음식과 영양조절도 필요하고 교합이 잘 맞도록 보철도 필요하

고 우리가 치과에서 하는 모든 치료가 필요해 집니다.

치과의사는 단순히 치아를 떼워주고 잇몸을 치료하고 임플란트 심고 하는 의사가 아닙니다.

보다 통합적인 관점에서 크게 보고 우리가 만들어주는 치아의 교합이 전신에 영향을 미친다라는 관점을 가지고 보다 넓고 멀리서 숲을 보고 또한 나무 한 그루 한 그루 치료가 필요하면 그것 역시 잘 해내야 합니다.

우리 치과의사 여러분!

저는 자신합니다. 곧 모든 사람들이 다시 치과의사들을 존경하고 자랑스러워할 그 날이 올 것임을. 그 때까지 우리 모두 으랏차차! 에헤라디야!

# 동문회를 다녀와서

김영주(서울·김영주치과 원장)

자존심 경쟁 부추기며 게임으로 많은 동문 웃음바다
선후배 만나 재미난 시간 앞으로 동문 모임 꼭 참가

멀리서 여인의 음성이 들립니다. 마리아 칼라스가 노래하는 베르디의 리골레토 중 '카르 노메'입니다. 아 아아아 아- 아아아 아 아-

골프 가기 전날 밤은 잠들기가 어렵습니다. 새벽 일찍 일어나야 하는 스트레스 때문에 그런 것 같습니다. 오랜만에 가는 경우에는 더욱 그런 것 같습니다. 이제는 이력이 날만도 한데, 아니 그럴 시기는 벌써 멀리 지나간 것 같기도 한데 말입니다.

5월 5~6일 이틀간 제주에서 열리는 서울치대 동문 한마당모임에 참가하였습니다. 동기인 박용호선생과 골프를 한 번 하자고 하였고, 골프 1박 2일을 신청하여 제주를 방문하게 되었습니다.

비행기 이륙 시간이 7시 20분이고 한 시간 정도 여유를 가지고 공항에 도착해 달라는 주최 측의 문자를 받고 시간 계산을 해 봅니다. 출발지인 도곡역 인근과 도착지인 김포공항을 포털 지도에 넣고 길 찾기를 클릭 합니다. 주중 대낮에 검토해본 결과 거리는 35킬로에 시간은 운전으로 50여 분이 나옵니다. 주차시간 및 주차 후 공항 대합실로의 이동 등을 고려하여 대충 오전 5시경에 출발을 하는 것으로 마음을 먹고 미리 스케줄을 조정하여 조금 안정되게 잠을 청해 봅니다.

잠이 오게 하는 오랜 습관대로 라디오를 조그맣게 틀어놓고 눈을 감습니다. 슈만의 사랑의 노래가 흘러나옵니다. 디트리 휘셔 디스카우의 목소리가 감미롭습니다. 자다 깨다를 몇 번하니 오전 5시경이 됩니다. 날씨는 쾌청하고 기분이 상쾌합니다.

골프채를 싣고 공항으로 향합니다. 서서히 먼동이 터 옵니다. 길은 전혀 막히지 않고 팔팔대로를 지나 공항 진입로를 들어섭니다. 너무 빨리 도착 하지 않도록 천천히 규정 속도로만 움직였는데도 벌써 공항에 다 와 갑니다. 주차 대행을 이용할까도 잠시 생각해 보았지만 시간이 여유 있으므로 직접 주차장으로 갑니다. 주차장 입구에는 주차 여유분이 100여 대 있는 것으로 전광판에 나옵니다. 주차장 인식 장치를 통과하고 진행을 해보니 에이 비 씨 등의 열은 차로 빼곡합니다. 조금 더 진행해 보니 브이 열에 이르러 조금 빈 주차 공간이 보입니다. 주차를 하고 골프백을 꺼내 어깨에 메고 출입 건물로 향합니다.

골프채가 무겁게 느껴집니다. 조금 쉬고 멀리 보이는 횡단보도로 향합니다. 삼사백 미터 정도 걸어 온 것 같습니다. 횡단보도를 건너 출입구에 진입합니다. 벌써 많은 분들이 짐을 부치기 위해 줄에 서 있습니다. 반가운 얼굴들을 만나 인사 합니다. 후배의 카트에 짐을 올리고 항공발권 및 짐 부치기를 합니다. 비교적 일찍 도착한 고로 발권 및 짐 부치기가 수월하게 끝났습니다. 검색을 마치고 출발 게이트인 15번으로 이동합니다.

한 시간 정도 여유가 있습니다. 조금 허기를 느껴 슈퍼마켓으로 향합니다. 유리병에 든 커피 음료를 구입하여 당분을 보충해 봅니다. 여기 저기 동문들이 여유 시간을 즐기며 연휴의 새벽시간을 보냅니다. 유리병에 든 커피 중 차가운 것을 선택한 분이 나중에 따뜻한 것을 발견하고 바꾸려 점원에게 요청하는 데 점원의 태도가 무척 사무적입니다. 긴 줄이 갑자기 생긴 때문인 것 같습니다. 조금 목소리가 커진 후에야 조용해집니다.

출발 비행기에 앉아 있는 데 기장의 방송이 나옵니다.

“저희 비행기는 짐을 못 실어 출발이 지연되고 있습니다.”

연휴를 맞아 조금 늦게 움직인 분들은 팔팔도로가 막혀 예상보다 시간이 더 걸리고 도착이 늦어지나 봅니다. 우리 일행 중에 늦게 도착되는 분이 있어 출발이 늦어지고 있다는 소식을 후배가 전합니다. 조금 지나니 낯익은 얼굴들이 우르르 들어옵니다. 후배 말로는 다음 비행기에 타려고 서있는 줄에 양해를 구하고 앞으로 이동을 시켜 한 분도 빠짐없이 탑승하였다고 합니다.

비행은 좋은 날씨로 조용합니다.

조금 늦었지만 제주에 무사히 도착하고 주차장으로 이동합니다. 카트에 짐을 올리고 주차장을 찾아 횡단보도 왼쪽으로 갑니다. 언덕이 조금 있고 넓은 주차장에 여러 대의 버스가 우리를 환영하고 있습니다. 우리 모임을 축하하려온 경희치대 동창회장 안민호 선생과 김소현 동창회이사와 인사를 나눕니다.

선약이 된 골프장은 '세인트 포 클럽'입니다. 고급 골프장으로 출발하였지만 국내적 골프 환경의 변화로 이제는 대중제로 바뀌었고, 씨에로(하늘) 보스코(숲) 마레(바다) 비타(인생)라는 4 코스가 있습니다. 전장은 알맞게 길고 그린은 매우 넓습니다. 그린이 넓은 관계로 가장자리 부근에 온 그린이 되면 투 펏으로 마감이 곤란합니다. 제주 공항에서 삼십여 킬로 떨어져 있고 이동 시간은 대략 오십분 정도 소요됩니다.

골프장에 도착하여 주최 측에서 미리 준비하여 로비에 게시한 조편성을 살펴봅니다.

옷을 갈아입고 나오던 중 오늘의 파트너인 박용호 동기를 만납니다. 옷장 키에 문제가 있는지 잘 안된다고 하는데 지나가던 선배께서 이렇게 해 보라고 합니다. 그대로 해 보니 잘 됩니다. 역시 시간이 지날수록 선배를 더욱 존경하게 됩니다. 보통 골프 옷장은 4자리를 넣으면 되는데, 필자의 락카는 #과 4자리 박용호 동기의 락카는 #과 4자리 후 #을 더 넣게 되어 있었습니다.

오늘의 동행자는 준비 위원장 한성희 선생, 경희대 동창회 홍보이사인 김소현 선생, 그리고 박용호 동기입니다.

핸디 불문하고 다섯 개 씩을 내고 게임을 치른 뒤 남은 비용은 자선기금으로 활용하기로 합니다.

첫 홀은 뒷바람의 도움으로 내 공은 파 온을 하였고, 김소현 선생은 버디를 합니다. 앞 뒤 간격이 적당하고 점수가 잘 나오게 거리도 조정이 되어 즐겁게 라운딩을 합니다. 휘어진 홀도 있어 오비도 내고 물에 빠뜨리기도 하면서 골프의 신에게 인생을 배웁니다.

17번 홀은 아일랜드 그린의 파3입니다. 앞 조가 티 샷을 앞두고 있습니다.

정관서 서치신협이사장의 공이 깃대를 맞추고 온 그린 합니다. 한영 선생의 공도 이에 뒤질세라 온 그린 합니다. 최규옥 오스템 사장의 공도 적당히 온 그린 합니다. 이상복 서치 회장의 공은 방카로 향합니다. 이상복 회장이 한 마디를 남깁니다.

"공이 잘 맞으면 회무는 안하고 공만 치냐 하고, 공이 잘 안 맞으면 공도 못 치는 주제에 어떻게 회무를 잘 할 수 있겠냐 라고 농을 합니다."

재미있는 놀리기라 생각됩니다.

골프를 마치고 숙소인 오리엔탈 호텔로 향합니다. 거리는 약 삼십 킬로 정도이고 한 시간이나 걸립니다. 숙소의 방 배정을 마치고 약 한 시간 정도 휴식을 가진 후 저녁 이벤트 장소인 그랜드 볼 룸으로 움직입니다.

식사는 뷔페로 진행되고 테이블마다 좌석배치가 되어 있어 잘 살펴서 착석을 합니다. 삼사십 분 정도 식사를 진행한 후 내 외빈 소개와 더불어 동창회장님의 인사 및 제주 동기회의 인사가 있고 골프 시상과 오락 진행이 됩니다.

오락 사회인 개그맨 이상운의 필리핀 카지노에서의 인생경력담에 이어 퀴즈가 진행 됩니다. 골프 용어인 버디, 이글, 알바트로스, 타조, 콘돌, 피닉스를 이용한 선물 주기인데 그런 용어가 있나? 하지만 선물 주기는 계속 진행 됩니다. 많은 동기가 참여한 41기 대 43기의 자존심 경쟁을 부추기면서 바보만들기 게임을 하여 많은 동문을 웃음으로 유도합니다.

흥겨운 오락이 끝난 후 단체 촬영으로 모임의 마지막을 장식합니다.

주최 측 임원은 모임의 정리를 마친 후 단합의 시간을 가져 봅니다. 그동안 날씨가 비바람으로 바뀌어 호텔 부근의 식당에서 모임을 합니다.

전임 회장이신 김병찬 박건배 선생과 김철수 치협회장, 허성주 치대병원장, 한성희 조직위원장, 백승학 진료부장, 최규옥 동문 및 열 댓 분의 후배가 함께 합니다. 술안주로는 제주 갈치조림과 오분작 뚝배기 등을 함께 합니다.

모임을 마치고 숙소로 돌아오는데 비바람이 매우 거세져 내일의 라운딩이 매우 걱정 됩니다.

밤새 비바람으로 창문 밖의 야자나무가 고생합니다.

다섯 시에 모닝콜을 받고 여섯 시 조금 지나서 식당으로 내려가 봅니다.

많은 선후배 선생님들이 벌써 자리를 잡고 식사를 하고 있습니다.

오늘 골프를 기대하고 서울 및 청주 부산에서 내려왔는데 기상이 매우 안 좋게 변하여 일단 골프장으로 간 후 골프를 하거나 즉석 관광으로 대체를 하기로 합니다.

미리 편성된 버스 편을 무시하고 탑승 순으로 버스가 출발 합니다.

골프장에 도착하였으나 비바람은 계속 됩니다. 조 편성을 무시하고 그래도 골프 나갈 분들은 끼리끼리 골프를 하시게 하고 관광이라도 하실 분은 즉석 관광차로 탑승하시고 나머지 분들은 취향에 따라 휴식을 하라는 본부의 결정이 알려 집니다. 박용호 동기와 나는 즉석 관광으로 결정하고 버스에 오릅니다.

관광의 첫 코스는 선녀와 나무꾼입니다.

이동 중에 관광버스의 기사분이 제주의 거상 김만덕에 대하여 설명을 해 줍니다. 의녀로 태어나 치료해준 분의 보은으로 장사의 밑천을 마련하여 큰 재물을 모아 제주에 기근이 들었을 때 그 재물을 풀어 많은 이에게 도움을 준 것이 조정에 알려져 임금으로부터 큰 상을 받았으며, 그 때까지 제주인의 육지 상륙은 금지되어 있던 시절에 금강산 여행을 임금의 상으로 하였다고 합니다.

두 번째 관광은 스카이 워터 쇼입니다.

장대를 이용한 중국 팀의 묘기 후 분수 앞에서의 러시아 무용수의 현란한 율동과 한 쌍의 남녀가 공중에서 내려온 긴 천을 이용한 회전 공중 유영묘기, 무대가 풀장으로 바뀌며 여러 명의 다이빙 선수(러시아 국가 대표 선수 포함)가 나오는 수상 쇼가 있었습니다. 많은 전문 선수를 이용하고 무대도 기계적 설비가 많아 쇼 단의 유지에 많은 비용이 들어갈 것으로 보이는데 우리의 국력이 매우 강해진 것을 느끼게 합니다.

마지막은 족욕 관광입니다. 동그란 족욕대에 발을 넣고 강사의 진행에 따라 오일과 녹차소금을 바르는 휴식을 겸한 치료입니다. 많은 분이 매장에서 파는 오일 세트를 구입합니다.

다시 골프장으로 이동하여 김치 전골로 식사를 합니다. 이박삼일로 내려오신 분들 중에 오후에 골프를 하실 분은 해도 좋다는 멘트가 나옵니다.

이후의 스케줄은 비교적 순조롭게 진행 됩니다. 우리 비행기 이후의 비행기는 지연된다는 공고를 보고 운이 좋았다는 기분이 듭니다. 오월의 날씨에 비바람으로 골프를 못 치리라고는 생각 한 적이 없는데 역시 제주는 비바람의 고향입니다.

그래도 많은 선후배를 만나 재미난 시간을 보내고 집으로 돌아갑니다. 내년에도 기회가 된다면 동문 모임에 참가를 꼭 하려 합니다.

# 추운데 오바들 잘 입고 다니고…

김용호(서울중구치과의사회고문·김용호치과원장)

명분 실리 있었겠지만 지나서 평가해보면 낭비요 잡음
정말 좋은 것은 그런 따뜻함의 본질이 변하지 않으니까

올해 아흔일곱 살이신 필자의 백모께서는 아직도 정정하시다. 무릎이 시려 3~4년 전부터 지팡이를 짚고 다니시는 것과 작년부터 심근경색 관련 처방약을 드시기 시작한 것 외에는 지병도 없으시다. 게다가 마음은 아직 청춘이라며 당신 지인들의 집안 대소사 참가는 물론, 오남매와 사위, 며느리, 손주들과 주변 만나는 사람마다 사랑으로 전해주시는 잔소리로 하루가 꽉차게 분주하신 '현역' 어머니시다. 봄날 같던 날씨가 갑자기 추워진 며칠 전, 치아 점검차 오셨다 가시며, 의례의 잔소리 '추운데 오바들 잘 입고 다니고….' 하시곤 가셨는데, 잠시 후 올 스물셋인 막내 직원이 "그런데 원장님… 오바가 뭐에요?" 한다. 필자는 매일 보는 직원이 이런 질문하는 게 장난 같았지만, 묻는 표정이 진지하고, COVID-19로 다음 예약환자도 취소된 김에 뭐 좀 아는 척하며 대답을 좀 했다. "오바는 오버코트라는 서양말을 일제시대를 겪은 분들이 쓰는 말인 듯

해요. 잠바는 아나?" 했더니 용케도 잠바는 안단다. 한때 필자가 자라던 10~20대의 80년대는 '오리털파카'의 시대였으며, 입으면 마치 미쉘린타이어 광고같은 스타일에 엄청나게 따뜻한 '잠바'가 있었고, 어느 해 겨울인가 백화점마다 진열되더니 웬만큼 어렵지 않은 집 애들은 하나씩 입고 다녔다는 얘기 끝에, 그 이름은 '오리털잠바'도 아닌 '오리털파카'였고 생전 처음 듣는 이름이었다고 설명했다. '전설의 고향'을 보는 듯한 눈빛으로 열심히 듣는 막내 옆에 어느새 나머지 직원들도 구경거리 난 듯 다가와 듣고 있었다. 평소 직원들이 필자가 하는 얘기는 늘 지루해하는 듯해서 보통 긴 얘기를 안 하는데, 관심들을 보여주니, 얘길 더 이어갔다. 그 다음 몇 번의 겨울이 지나지도 않아 오리털이 들어가지 않은 양가죽코트 비슷한 '오바'가 유행했는데, 그 이름 또한 처음 들어본 '무스탕'이고 '토스카나' 였었다는 등, 그게 비싼 건 엄청나게 비싸서 사람들이 혀를 내두를 정도의 고가품도 있었다느니 하며 슬슬 얘깃거리가 떨어져 가는데, 필자의 말을 끊고 막내직원이 그게 무슨 옷이고 어떻게 생긴 거냐고 물어왔다. 마침 리셉션데스크 PC가 검색포탈 화면이길래, 오리털파카와 토스카나 등을 찾아 보여주니, 막내의 호기심 가득, 흥미진진한 눈빛은 이내 사라져버리고, "에이! 모조리 아우터들이네요, 원장님!"이란다. 이 부분에선 내가 놀랐다. 아우터라니? 필자는 처음 듣는 말인 바, 그건 또 뭐냐고 실장을 바라보니, 막내가 어느새 키보드를 제 앞에 놓고 아우터라 친단다. "이런게 다 아우터에요!”하며 모니터를 가리키는데, 보니 필자가 그 옷들에 붙이고 싶은 이름은 모두 앞에서 나온 이름들, ‘오바, 잠바, 파카, 무스탕, 토스카나’ 들이었다.

필자는 지난 20년간 카니발(대한민국 국민 모든 분들께서 너무나 잘 아시는 차라 그냥 실명을 사용)이란 국산 미니밴을 타고 다닌다. 작년 12월에 11년을 탄 세 번째 카니발을 처분하고, 통산 네 번째로 카니발을 또 구입했다. 5년 전 소천하신 선친께서는 가족모임이나 여행 때마다 필자의 큰형이 모시겠다는 검정색 세단승용차보다는 필자의 카니발을 더 좋아하셨다. 매번 “난, 용호 봉고차가 편해. 느이 엄마는 고급세단 타고 오라고 해라!” 하셨고, 가끔 당신 친구분들 만나 식사하실 때도, “너도 아들에게 봉고차 사라고 해라. 그 차가 세상 제일 편해!”라고 하셨단다. 선친께서는 한 번도 필자의 미니밴을 카니발이라고 부르신 적이 없다. 그렇게 평생을 매번 봉고차라고 하셔도 모두가 알아들었고 우리가 카니발이라고 해도 “응! 봉고차?”라시며 알아들으셨다. 하지만 승합차나, 미니밴, 혹은 SUV, MPV라고 해도 알아들으셨었을런지는 잘 모르겠다.

명장 프란시스 F. 코폴라 감독 1979년작 영화 ‘지옥의 묵시록’은 베트남전을 통한 미국의 반성이라는 높은 평가를 받는다. 전개되는 모든 에피소드들이 전쟁의 광기와 상식적으로 이해할 수 없는 기행과 폭력의 상황들을 보여주는데 그 중에서도 압권은 미군이 여러 대의 헬기로 베트남 부락을 공격하는 장면이다. 헬기부대 지휘관인 킬고어 중령(로버트 듀발 분)은 마을 해변의 파도가 좋으니 당장 마을을 공격하고 서핑을 하자는 식의 기행을 일삼는 전형적 전쟁광인데, 딱 한 장면에서 그의 대사가 필자에게는 이 작품에서 유일하게 말이 되는 내용이었다. '우리부대 이름은 기병(騎兵, cavalry)인데, 이젠 말을 타지 않고 헬기를 탄다'는 그 대사는 영화에서 묘사되는 모든 내용들이 광기요 부조리라 그런지, 별 것 아닌데도 이 부분만은 이해가 되고 납득도 가는 부분으로 필자의 기억에 남는다. 말이 당연히 된다. 기병대의 재빠른 돌격이나 헬기의 공중강습이나 그 개념은 본질적으로 같으니까.

주변을 둘러보면 그것의 이름이 어찌하다 그렇게 지어졌는지 처음엔 갸우뚱하지만 사연을 들어보면, 관계도 없을 지금 그 이름이 가장 잘 어울리는 것이 제법 많다. 제럭스는 복사기요, 클랙슨은 자동차 경적이고, 호치키스는 지철기(紙綴機, stapler)다. 이렇게 미니밴보다는 봉고차이듯 오히려 본질을 반영한 이름이 어색하고 '안 직관적'이고 '못 직관적'이다.

1948년 대한민국 정부 수립 당시 국가 유지를 위한 기본적 필수 기능을 위해 정부 부처는 11부 4처(내무부, 외무부, 재무부, 국방

부, 법무부, 문교부, 농림부, 상공부, 사회부, 교통부, 체신부, 보건부, 총무처, 공보처, 법제처, 기획처)였다고 한다. 이후 정권이 바뀔 때마다 당연한 듯 조직개편을 단행(?)하고 그 이름도 새 시대를 여는 양 갈아치우며 심지어는 이미 담당 부처가 있음에도 업무가 중복되는 부처를 신설하기도 했다. 일례로 문교부라는 이름에서 일제의 잔재를 걷어내고 새 시대의 새 교육을 지향한다며 문(文)자를 빼고 교육부로 갔다. 그리고는 차라리 그 포괄적인 개념의 개명에 남아있었으면 좋았을 것을, 거기서 문(文)자의 허전함을 과학기술이라는 글자로 채워 교육과학기술부(교과부)가 되었다. 그렇게 변화의 칼질을 당한 여러 부처들의 이름은 잘 들여다 볼 것도 없이 교집합의 교집합이 중첩된 이름들이다. 지식경제부, 재정경제부, 기획재정부, 산업자원부… 심지어는 내무부의 이름이 행정안전부가 되고 행정안전부는 안전행정부로 이름을 바꾸는 말장난들이 이어졌다. 말장난에서만 끝나지 않은 경우도 있었다. 기존 조직들이 제 본연의 임무를 다하고 서로 협력하는 데에 태만과 한계를 느낀 끝에 그 병든 조직을 고치고 되살리는 노력없이 구름 잡는 듯한 새 조직을 만드는 미래창조과학부란 작품도 있었다. 명분도 있고 실리도 있었겠지만 지나고 나서 평가해보면 낭비요 잡음이었다. 예외적으로 1960년대와 70년대에 눈부신 경제적 발전에 맞추어 경제기획원이, 건설부가, 동력자원부가 새로이 만들어지는 것까지는 모두가 이해하고 받아들이고 또 해야만 할 일이었지만, 아닌 것들이 훨씬 더 많았고 지금도 진행중 임은 참으로 안타깝다.

여기서 그 옛날 이름과 지금의 이름이 사뭇 아련한 대조를 이루는 부처가 있다.

체신부(遞信部), '믿음을 전해주는 부'. 정말 놀랍다. 누가 그런 이름을 지었을까? 우정사업부(郵政事業部)같은 이름이 아닌, 좀 더 고상한 개념적 발상으로 작명을 하였는데, 참으로 이 이름을 읽어볼 때마다 그래도 현자들이 정치와 행정의 일선에 나와 겨레의 앞날을 희망과 인류애로 보듬던 1948년이 부럽다. 온라인의 어느 사회기사 아래서 읽었던 '줄여 읽어 지경부, 외통부, 보복부라는 이름을 마구 지어 쓰는 정권들이 행정부를 어지럽히더니 결국 이 나라가 보복과 외통수를 자처하는 지경에 왔다'라는 인터넷 댓글이 기억난다.

시대적 요청도 있고 행정이라는 업무의 사정도 있겠지만 이름을 바꾼다고 본질이 바뀌지 않는다. 이름을 바꾼다고 지나간 과오와 성취가 잊혀지고 사라지는 것도 아니다. 그것들을 잊고 사라지게 해서 또 어쩌자는 것인가. 오히려 그 과오와 성취들을 곰곰 들여다보며 신중히 취하고 과감히 버리는 중에 비로서 오늘이 보이고 내일이 약속되는 것임을 정녕 모르는 바 아닐 터.

백모님께서 '추운데 오바들 잘 입고 다니고…' 하신 속마음엔 후손들이 춥지 않게 잘 지내라는 마음이 담겨있다. 잠시 '오바가 뭔데

요?' 묻더라도… 금세 따뜻한 할머니의 사랑이란 걸 알게 될 테니까, 그것이 '아우터'로 이름이 바뀌어도 상관없다. 정말 좋은 것은 그 본질이 변하지 않으니까. 하지만 자기 좋자고 이름 바꾸고 이전과 같은 것이라 억지 쓰며 그 따뜻함의 본질을 거두어가는 자들은 어찌하면 좋을까요, 큰 어머님?

# 색소폰 배우기

김재영(혜정치과 원장)

은퇴 따로 없고, 건강 허락하면 계속 출근하는 개업의 최고
친구야 3년만 기다려다오, 한 곡 멋지게 연주할테니 봐다오

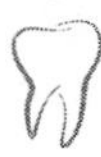

올해로 치과개업 생활을 한지 만 40년이 되었다.

20년전 14년 후배 치과의사와 공동개원을 한 이후로는 주로 후배의사가 진료를 많이 하고 필자는 매우 한가한 편이다.

재작년에 '어르신카드'도 받았고, 이제 은퇴를 할 나이가 지났는데 은퇴해도 별로 할 일이 없다. 처는 필자가 아침을 먹고 출근을 해야 좋아한다. 나 역시 골프나 여행 등 특별한 약속이 없으면 치과에 출근을 해야 여러 가지 업무도 보게 되고, 원장실에서 커피를 마시며 음악도 듣는다. 환자도 몇 명 정도 진료하고, 점심은 35년째 같이 식사하는 주변 치과의사 동료들과 함께해야 하루가 즐겁고 원만하게 지나간다.

주변에 일찍 은퇴하여 지루해하고 힘들어하는 친구들을 보면 요즘은 은퇴가 따로 없다. 건강이 허락하면 계속 출근할 수 있는 곳이 있는 개업의가 된 것이 무척 잘된 일이라 생각한다.

하지만 치과에 출근해도 한가하고 퇴근해도 술을 안하니 별로 할 일이 없어 그동안 하고 싶었던 것 중에 하나인 악기를 배우기로 했다.

본래 음악을 좋아한다. 학창시절 기타를 많이 쳐서 밴드도 해보았고. 피아노도 조금 치고, 개업하여 플룻도 조금 배웠으니 악보는 잘보고, 박자감도 약간 있으니 무슨 악기든 빨리 배울 수 있다는 자신감이 있었다.

어릴 때부터 피아노를 배우고 싶었는데, 피아노는 힘들다 하니 무슨 악기를 배울까 고민하고 있었다. 마침 색소폰을 5년 정도 배운 친구가, 색소폰 한번 배우라고 본인의 색소폰을 하나 내주었다. 색소폰은 소리가 아름답고, 관악기이지만 나무피스가 있는 목관악기라 소리내기가 쉽다고 그런다.

치과교정, 바둑, 골프, 당구 등 그동안 열심히 배운 것들을 회고하니 좋은 선생에게 제대로 오래동안 배우는 것이 지름길이라 생각하여, 선생을 찾아보았다. 마침 치과 근처에 서울음대에서 색소폰을 전공한 후배가 운영하는 색소폰 전문학원이 있어서 그곳에 등록을 했다.

관악기 중 입술과 바람의 세기로 소리를 내고, 음정을 조절하는 트럼펫은 소리를 내는 것 자체가 매우 힘들다. 색소폰은 나무 리드의 떨림으로 소리를 낸다. 한 시간 정도 연습을 했더니 소리를 쉽게 낼 수 있었다. 또한 모든 음에 키가 있어서, 운지만 잘하면 피아노처럼 원하는 음정을 낼 수 있다. 하지만 모든 것이 그렇듯이 처음에는 만만하게 보고 시작한 색소폰도 배울수록 점점 어려워지고 끝이 없었다.

우선 소리를 쉽게 낼 수 있어도, 듣기 좋은 소리 아름다운 소리를 내기가 무척 힘들다.

상악 전치와 아랫입술로 색소폰 피스와 리드를 무는 것을 앙부셔라고 하는데, 이 앙부셔를 잘해야 좋은 소리가 난다. 입술을 오므려 바람이 안새게 꼭물어야 하는데 초보자들은 입술의 근육 훈련이 안되어, 금새 입술이 풀리며 소리가 흐트러 진다.

또한 앙부셔시 윗니와 아랫입술의 위치가 자꾸 흔들려 소리가 일정하게 나지를 않는다. 1년 이상 불어서 입술 주변 근육이 단련되어야 한다.

호흡도 복식호흡으로 순간적으로 숨을 들이마셔야 하는데, 오랜 습관으로 자꾸 코로 숨을 쉬게 되어 호흡이 짧아지며 길게 불 수가 없다. 벌써 레슨은 11개월째 받고 있는데, 아직도 갈 때마다, 색소폰 무는 것에 대한 지적을 받는다.

골프로 치면 1년째 그립과 어드레스를 배우고 있는 셈이다.

하지만 선생은 앙부셔를 제대로 하는데 몇 년은 걸린다며 필자를 위로한다.

선생은 색소폰을 골프 스윙에 자주 비유하는데, 골프처럼 색소폰의 소리가 그날 그날 틀리다.

어느 날은 앙부셔도 잘되고 소리도 좋은데, 다음날은 앙부셔도 잘 안되고 소리도 엉망이다.

필자는 1년만 배우면 웬만한 곡은 잘 불거라 기대했는데 최소한 3년을 불어야 남들 앞에서 연주할 정도로 불 수가 있다고 한다.

또한 색소폰 연주는 노래를 부르는 것과 같이 연주자의 감성이 있어야 한다.

제기랄 괜히 시작했네! 후회가 되지만 '이왕 시작한 것 끝을 보아야지' 하며 할 수 없이 계속 연습을 한다.

그래서 나이들어 색소폰을 시작한 사람이 많지만 끈기 없는 사람은 대부분 몇 달하고 그만두어 우리나라 장롱에 처박혀 있는 비싼 색소폰이 수만 대라고 한다.

하긴 골프나 치과교정, 바둑도 10년 정도 지나서야 조금 자신을 가지고 즐긴 것 같다.

그래도 성질이 급한 필자는 없는 실력에 3달 배운 후부터 몇 곡 녹화하여 동창들 카톡에 올렸는데, 그래도 좋은 친구들이 욕도 못하고 칭찬도 못하고, 3개월 때는 초보치고 가능성이 있다고 하고, 6개월 때는 많이 좋아졌다고 격려하고, 10개월 지나 올린 곡은 제법 잘한다고 칭찬도 해주었는데…. 사실 요즘 내가 초보 시절 올린 곡을 들어보면 창피하고 내 곡을 들어준 참 좋은 친구들이라는 생각이 든다.

또한 색소폰 대가들의 연주를 들어보면 필자는 언제 저렇게 잘

불까 생각하면, 평생 불가능하다라는 결론을 내리고 의기소침해지지만 재능은 없어도 중학교 3년 개근한 끈기로 일단 3년간 음대생처럼 열심히 배워볼까 한다.

친구들아 3년만 기다려다오.

한 곡 멋지게 연주 할테니 그 때 봅시다.

# 銀退와 金退, 정신차려 보니 隱退

김평일(前 서울시치과의사회공보이사)

코끼리처럼 죽을 때 숨어 버리는 진짜 은퇴 수순 들어가
가까운 장래 인생의 참 은퇴를 만나 희망의 노래 부르리

은퇴했다. 1975년 9월6일 시작하여 2019년 2월28 폐업신고를 하니, 근 44년을 당산동에서 개원 치과의사로 봉직했다.

'벌써 은퇴하세요? 아직 정정 하신데….'

'은퇴라니 섭섭하지 않으세요?'

막상 은퇴를 결심하니 섭섭했다. 전에는 상상도 못했던 가슴이 뻥 뚫린 듯한 허전함….

'은퇴라니요. 금퇴랍니다. 다시는 스트레스도 없고 자유만 만끽할 수 있는 생활로 들어가는데 銀퇴라기 보다 金퇴가 맞지 않나요?'

-하긴 교도소로 들어가거나, 부도를 내고 숨어 버리는 銅퇴도 있으니-, 은퇴도 행복이지요. -하 하-

그리고 보니, 은퇴에도 금메달 은메달 동메달이 있네-, 저절로 실소가 나온다. 그러나 사실 은퇴는 슬픈 것이다. 금, 은, 동이 아니기 때문이다. 은퇴는 한문으로 隱退이다. 숨을 隱자는 남이 찾지 못하는 곳에 가는 것이다. 흑석동 211번지에서 이 세상에 온 필자는, 이제 코끼리처럼 죽을 때 숨어 버리는, 진짜 은퇴의 수순에 들어간 것이다.

코끼리는 죽을 때 제 자리로 간다. 모든 동물이 죽을 땐 제자리를 찾지만 특히 코끼리는 코끼리 무덤에 가서 자신의 주검을 숨긴다 - 이런 코끼리의 최후가 진정한 隱退이다.

우리 나이로 75세이니, 친구들과 노래방엘 가면 '애창곡- 내 나이가 어때서'가 귀에 못이 박힌다. 더러는 꽃 중년이라고, 100세는 아직 멀다고 추태를 벌인다. 그 후렴에서 난 매번 가사를 바꿔 부른다. '-사망하기 딱 좋은 나이 인데-.'

사망(死亡-죽어 없어짐)은 축복이다. 다시는 배고프지 않고, 춥지도 덥지도 않고, 밉지도 예쁘지도 않고 오직 참 평화의 세계이다. 사실 이 세상 현세는 남을 잡아먹어야 하는 지옥, 바로 굶주린 악귀들의 아비지옥(阿鼻地獄)이다. 하루에도 수많은 생명을 잡아먹고 6시간만 지나면 허기가 지는 지옥이 이 세상이다. 이 아비규환 중에도, 이빨을 만들어 아비지옥 활성화 도움이가 바로 '나'였다. 그러고 보니, 그 죄가 아비지옥인 이 세상을 넘어 저승에 미칠까 무섭다.

아비지옥인 이 세상-. 식욕이 너무 왕성해 사람도 잡아먹는다. 국회를 속어로 National Diet 라 하는데, Diet는 요즘 젊은이들은 '살 뺀다'로 알지만, 원래의 뜻은 그 반대인 '밥 먹는다'라는 뜻이다. 식사조절로 살 빼는 것을 'Diet Control' - 직역하면 식사조절인데 단어 2개를 하나로 줄여 앞부분만 부르다 보니 먹는 게 살 뺀다로 와전되고 말았다. 각설하고 국회는 National Diet-국가대표 식당이므로 대통령도 잡아먹어 대통령 탄핵, 그 외에도 중상모략으로 진흙탕 개싸움을 하는 투견장인데, 이들이 젤 잘 먹는 것은 밥보다 고기, 그것도 애매한 죄 뒤집어 쓴 사람 잡기-라는 의미가 National Diet 라는 비속 영어에 있으니 사람 사는 모양은 古今同 東西同 어디나 마찬가지인가 보다.

이렇게 정 떨어지는 지옥을 벗어나는 죽음을 왜 그렇게 싫어할까? 막상 은퇴하니 뻥 뚫는 듯 마음이 허전한데 죽음은 더욱 그러할 것이다.

- 가진 것 다 버리고 나를 따르라 하시니 베드로는 고기잡이를 버리고 예수님을 따랐다-

소돔과 고모라가 불벼락으로 멸망할 때 롯의 가족은 천사의 안내로 구함을 받는다. 이때 천사는 절대 뒤를 돌아보지 말라고 했다. 그러나 롯의 아내는 소돔과 고모라가 너무 궁금하여 참지 못하고 뒤를 돌아보다 소금 기둥으로 변한다.

돌아보지 않고 평생 사랑한 어업을 버린 채, 주님만 따르는 베드로의 행적이 은퇴자의 모습이다. 그래서, 가수 노사연은 이렇게 노래했다. '- 돌아보지 마라. 후회하지 마라. 아- 바보같은 눈물 흘리지 마라-.'

나이 한 살 더 먹는 것이 그렇게 신바람 나던 어린 시절이 있었다. '내일이면 오늘보다 좋아지겠지' 하면서 내일을 꿈꾸며 잠들었고, '내년이면 금년보다 더 좋아지겠지,' 학교에 가게 되면 얼마나 좋을까? — 그러다 중학교에 가선 고등학교 가면 얼마나 좋을까? — 대학교 땐 졸업 후 꿈에 부풀고, 군 생활 시절엔 제대 날짜를 달력에 새기고 기다렸으니, 늘 더 좋아질 것이라는 어릴 적 희망이 가시지 않았다. 현재명 선생께서 작곡하신 자유 평등 평화 행복 가득하다는 '희망의 나라로' 소년시절 나의 희망, 꿈이었다.

그러나 그 가사의 내용 중 자유 평등 평화 행복 가득한 곳 희망의 나라가 현실이 아니라는 것, 그 나라가 대한민국도 아니라는 사실은, 세월의 흐름 속에서 적나라하게 드러났다. 자유, 제한되었었고, 평등은, 평등하지 않았다. 평화? 평화는커녕 6.25 난리 통에 자라나, 월남 전쟁에서 가장 많이 죽은 내 친구들-. 평화라기보다 전쟁의 상처 중에 살았다. 그리고 행복? 행복은 부정하지 않는다. 늘 사랑하는 나의 조국, 나의 이웃, 나의 친구 그리고 내 가족이 있어서 행복했지만, 그래도 어머니와 사별, 형제와 친지 은인의 사별로 그 행복도 한시적이었다.

현재명 선생님의 희망의 나라는 내 조국이 아니었다. 더구나 이빨을 다루면서 이런 흉기로 어린 생선 불쌍한 가축의 살과 피를 씹고, 맛집을 찾아 눈을 밝히는 이 세상은 희망이 아니라는 것을 확실히 알게 되었다.

-배를 저어가자 험한 바다물결 건너 저편 언덕에/ 산천 경계 좋

고 바람 시원한 곳 희망의 나라로/ 돛을 달아라 부는 바람맞아 물결 넘어 앞에 나가자/ 자유 평등 평화 행복 가득 찬 희망의 나라로-

70대가 된 뒤 현재명 작곡의 가곡 '희망의 나라로'를 매일 맘속으로 불렀다. 불교에선 이승을 고해(苦海)라 한다. 바로 '험한 바다 물결'이다. '건너 저편 언덕'은 한문으로 피안(彼岸)이라고 하는데, 불교에선 피안이 저승이다. 저승이 자유 평등 평화 행복 넘치는 희망이라니, 얼마나 아름다운 긍정인가.

가까운 장래 인생의 참 은퇴를 만나 반달 쪽배를 타고 은하수를 건널 때 희망의 노래를 부르리라. - '자유 평등 평화 행복 가득한 곳'에 가면, 32세 젊은 나이에 사별한 꿈에서조차 애타게 그리던 어머니를, 그리고 한돌반 아기 때 사별하여 얼굴도 모르는 아버지, 나를 쪼쪼망(작고 작은 막내)이라 부르시던 그리운 아버지와 하나되리라.

# 피아노 치과 원장, 김현성입니다

김현성(피아노치과 원장 前서울시치과의사회 홍보이사)

정체성 드러낼 수 있는 치과 이름 상표권 등록 희망
여자 원장에게 맞는 부드러우면서도 우아한 느낌

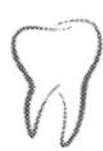

"안녕하세요. 피아노 치과 원장 김현성입니다."

처음 만나는 사람에게 치과원장으로서 정체성을 드러내야 하는 인사를 하고 나면

반응이 이렇다.

"원장님이 피아노를 잘 치시나요?" 또는 "치과 대기실에 피아노가 있나요?"

정말 대부분의 반응이 그렇다.

그러면 필자도 자동적으로 "아. 네~ 치과 대기실에 피아노가 있지는 않구요. 피아노를 잘 치는 것은 아니지만 칠 줄은 아는 정도입니다"라고.

그러면 다음 질문. "그런데 치과 이름이 왜 피아노에요? 치과 이름이 예쁘고 특이하네요."

대부분의 치과 원장들은 변동이 생기는 것을 본능적으로 경계할 것이다.

어느 날 직원이 원장실 문을 똑똑똑 두드리며 "원장님, 할 말이 있습니다"하며 들어오는 것이 가장 무서운 일인 것처럼…. 대부분 다른 일들도 하던대로. 날마다 그날이 그날인 것처럼 루틴하게 환자를 보고, 루틴한 결과가 나오는 것이 가장 만족스러울 것이다.

처음 이 병원을 인수했을 때 치과이름은 "UBC 리드치과"라고 되어있었다.

이전 원장님의 출신 대학과 정체성을 뚜렷이 드러나고 있는 다소 긴듯한 이름이었다.

병원을 양도하기 위해 큰 비용을 썼던 필자는 최소한의 비용으로 필자의 병원을 시작하기를 원했고, 그 중에서도 간판과 내부 사인들을 다시 교체하는 것은 생각보다 큰 비용이 들었다.

간단한 타협으로 내 것이 아닌 UBC를 과감히 버리고 리드치과라는 이름으로 병원을 운영하였다.

리드치과라는 이름이 익숙해지고, 내 병원이라는 느낌이 들만해질 때쯤 우편물 한 통이 왔다. 리드치과라는 이름이 상표권 등록이 되어 있고, 필자가 이 이름을 사용하지 않았으면 하며 계속 이 이름을 사용하게 되면 법적인 문제가 야기될 것이라는 내용이었다.

갑작스런 통보에 허둥지둥하며, 여러 부분으로 알아보았지만, 필자가 취할 수 있는 선택은 그리 많지 않았다. 이름을 바꾸는 수밖에…….

인수한지 1년밖에 되지 않아, 이제 좀 안정이 되려는 시점에 이름을 바꿔야 하다니…….

환자들이 병원이 또 바뀐 줄 알고 당황해 할 것과 그동안 환자들에게 나누어 주던 칫솔의 인쇄나 판촉물들도 다 바꾸어야 하고, 간판도 새로 해야 할 생각을 하니 머리가 지끈지끈 아파왔다.

하지만 한편으로는 '흥! 그동안 나도 리드치과라는 이름이 맘에 들어서 사용했던 것은 아니었거든? 이참에 맘에 드는 나의 정체성을 드러낼 수 있는 치과 이름을 지어서 상표권 등록 해야지?'라는 미묘한 반발심과 기대감이 버무려진 생각이 들기도 했다.

과거에는 주로 원장 본인의 이름이나 성을 따와 상호로 썼던 것 같다. 하지만 최근에는 다양한 흐름으로 치과 이름을 짓고 있는 듯했다.

이편한 세상이나 래미안 같은 아파트 이름에서 따온 치과 이름도 있고, 미소, 고운, 바른 같은 치과 이미지와 관련된 이름들.

키즈 앤 틴즈나 아빠의 치과, 선이고운, 등 치과의 진료적 특성을 나타내는 이름들, '사랑이 아프니' 같은 철학적이면서도 위트가 넘치며 진료과목까지 표방하는 이름들.

치과와는 무관하지만 여러 아이덴디티 등을 갖다 붙일 수 있는 다양한 나무 이름들과 사물의 이름들.

치과가 표방하는 것이 무엇인지 환자들이 직관적으로 알 수 있기는 하지만 너무 직관적이어서 치과의사로서는 약간 부담스러운 이름들인 '아나파 치과'나 '옥수수 치과' 같은 이름들도 흥미 있었다.

모두다 각각의 치과의사들이 자식들에게 이름지어주는 마음으로 고민의 흔적이 엿보이는 치과 이름들이었다.

어쨌든 필자가 원하는 치과 이름으로는 일단 상표권 등록이 되어 있지 않은, 누구도 쓰지 않는 필자만의 이름이어야 한다는 것과, 직관적일 것, 인터넷 검색을 위해 누가 발음하더라도 일정한 철자가 나올 것, 영문으로 쓰더라도 일정한 철자가 나올 것이 조건이 되었다.

처음에는 병원 인수했을 때와 마찬가지로 간판 및 내부사인 교체에 있어 비용절감을 위해 리드를 살리는 방향으로 이름을 생각해보았다. 기존의 리드는 그대로 두고, 앞쪽에 You(유)를 붙여 유리드 치과, 리드 뒤에 Me(미)를 붙여 리드미 치과, 이런 생각의 흐름으로 이름을 생각해보았지만, 처음 걸었던 조건인 상표권 등록이 되어 있지 않은, 누구도 쓰지 않는 이름에서 걸렸다. 리드와 관련해서 너무 많이 쓰고 있었고, 치과뿐 아니라 피부과 등 다른 의과에서도 많이 채택된 이름이어서 너무 묻히는 듯 했다.

그래서 다음으로 생각해 본 이름이 리드에 ㅁ, 미음자를 붙여 리듬치과라는 이름을 생각해 보았다. 모든 일에는 리듬이 필요하며, 각자의 리듬이 중요하다고 생각한 필자의 지론과 일치했다. 또한 리드미컬하다. 리듬을 타고 일하다. 등 활기차고 긍정적인 이미지와도 연관되며 좋은 느낌이었다.

리듬치과. 불러볼수록 좋은 이름이었지만 전화상으로 치과 이름을 발음했을 때 발음이 분명하지 않을 수 있겠다는 부분이 걸렸다. 발음이 뭉개지는 전화음성 상 리듬치과는 믿음치과처럼 들리기도 하고, 발음상 ㅁ 받침으로 끝나는 단어는 닫혀있고, 답답한 느낌이 들기도 했다. 마음 한 구석에 리듬치과는 간직해 놓고 리드미컬하고, 음악적인 느낌에 초점을 두어보았다.

어느 순간 '피아노치과'라는 이름이 머릿속에 떠올랐다.

피아노에서 아름다운 선율이 흘러나오는 이미지와 함께 흑백의 조화가 있는 가지런한 건반이 연상됐다. 또한 아름다운 음악을 연주하려면 피아노의 88개 건반 모두가 각각의 역할이 있고 정상적인 소리를 내야 하는 것처럼 구강도 정상적인 저작기능과 발음기능, 심미기능 등을 수행하려면 모든 치아들이 건강하고 각각의 역할을 수행해야 조화로운 기능을 한다.

여기에 생각이 미치자 피아노라는 단어가 치과명칭에 '아주 적합

하다'라고 생각했고, 여자 원장이 있는 치과로 부드러우면서도 우아한 느낌이 들었다.

또한 피아노는 외래어이지만 발음이 정확하고, 철자도 간단하고, 영어로 쓰기에도 쉽고 정확하며, 인터넷 검색창에 입력할 때도 오타없이 '피아노' 라고 정확히 입력할 수 있는 단어이기도 했다.

더욱이 피아노치과라는 이름을 검색했을 때 누구도 쓰지 않고 있는 필자만의 독창적인 이름이기도 하며, 상표권 등록도 되어 있지 않았다.

정말 마음에 드는 이름이다.

상표권 등록부터 하고, 피아노 치과라는 이름이 필자의 치과 이름이 되었다.

각별히 지은 이름이 나뿐 아니라 환자들, 그리고 처음 만나는 치과계 사람들에게도 신선하다, 특이하면서 예쁘다고 해주니, 흡사 자식이 칭찬받고 들어오는 것처럼 뿌듯하기도 하다.

피아노 치과라는 이름으로 병원을 운영한지 3년 정도 지난 것 같다. 그동안 치과계는 4차 산업의 중심에 가까이 다가서고 있으며, 피아노 치과만 하더라도, 종이 차트가 없는 전자차트 시스템을 이용하고, 모든 자료는 디지털로 보관되고 있으며, CAD/CAM 방식의 지르코니아 보철물이나 커스텀 어버트먼트 시스템, 가이드 임플란트 시스템 및 투명 교정 장치 등을 채택하고 환자에게 실제 적용하고 있다.

'피아노 치과'에서 '디지털 피아노 치과'라는 이름으로 명칭을 바꾸면 어떨까 하는 생각도 가끔 하지만 디지털 시대에도 본질은 변하지 않는다고 생각한다. 피아노의 기능에 충실하면서도 시대의 요구와 편의사항을 위해 디지털이라는 방식을 이용하는 것처럼, 치과도 마찬가지로 환자들 개개인의 구강건강과 삶의 질 향상을 위해 존재하고 있으며 그런 기능을 더 잘 수행하기 위해 디지털이라는 방식으로 전환을 꾀하고 있다고 생각한다.

그런 의미에서 피아노 치과라는 이름은 근본적으로 아름다운 연주를 하기 위해 하나하나의 건반들이 소중하고 관리되어야 하는 것처럼 환자들의 구강건강과 조화로운 기능을 위해 치아 하나하나를 소중히 여기고 본래의 형태와 기능을 회복시키려고 노력하고 있다는 의미에서 디지털 시대에도 여전히 유효하다.

이름은 그리 이르다 하여 이름이라고 한다.

말, 언어는 자기 실현성을 가지고 있기에 피아노 치과 원장으로 어느 날, 어느 때, 피아노가 있는 자리에서 연주를 할 수도 있다는 생각으로 가끔 모차르트 작은 별 변주곡으로 알려진 〈Ah, vous dirai-je, maman. K265〉 곡을 연습해 보곤 한다.

# 나의 마라톤 풀코스 입문기

류성용(서울·선릉역 뉴연세치과 원장)

마라톤 로망 실제로 달려본다는 생각은 꿈도 못꿔
노력여하에 따라서 얼마든지 건강해진다는 자신감

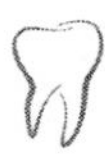

2018년 11월 4일 뉴욕 마라톤 골인 지점 센트럴파크.

태극기를 품에 안고 42.195km를 쉼 없이 달려오다 피니시 1km 지점부터는 사랑하는 필자의 가족들 이름을 부르면서 품에 안고 있던 태극기를 꺼내 들었다.

전세계에서 몰려온 5만여 명의 마라토너들에게 그리고 코스 내내 응원 나온 수십만 명의 뉴욕 시민들에게 무엇보다 품에 안고 달려온 태극기에 부끄럽지 않게 최선을 다해 달렸다

마침내 피니시 순간 필자는 태극기를 번쩍 들고 환호했다. 드디어 내가 해낸 것이다. 지금 돌이켜 생각해도 그때의 벅찬 순간은 감동으로 다가오고 필자 자신이 자랑스럽고 대견하다.

나의 사랑 나의 가족, 나의 사랑 대한민국!

필자는 2018년에 들어서야 비로소 마라톤에 입문한 초보 마라토너이다.

남자라면 누구나 다 마라톤에 대한 로망이 있지만 언감생심 실제로 달려본다는 생각은 꿈에도 못 꾸었던게 수십 년이었는데…….

1월 1일 새해 아침 나도 한번 10km를 달려보고 싶다는 생각에 밖을 나서 홀로 생애 처음 10km를 달린 것이 필자가 처음 달린 장거리 달리기였다.

너무 힘들고 무릎도 아프고 허벅지에 알이 배겨서 며칠간 절뚝거렸지만 그때 느낀 첫번째 희열감과 성취감으로 아마 그때부터 필자는 달리기의 매력에 푹 빠진 것 같다.

그 이후로 필자는 매주 최소 1회 이상 10km는 달린다는 올해 목표를 세우고 그것을 실천해왔다.

그러다 보니 이번 뉴욕 마라톤 풀코스를 완주하기까지 직전의 나의 마라톤 누적거리는 800km가 넘었다.

불과 1년 전까지만 해도 필자는 키 170cm에 몸무게 85kg가 넘고 체지방률은 30%가 넘는 전형적인 배불뚝이 동네 아저씨였다.

혈관질환에 가족력이 있는 필자는 본태성 고혈압으로 20년 넘게 약을 먹으면서 관리를 받아왔다. 그러나 극도로 예민하고 스트레스가 많은 개원 치과의사란 직업은 필자의 이런 고혈압 지병과는 서로 상극이었다.

치과의사로서의 스트레스를 풀기 위해 술 담배를 즐기다 보니 혈압은 컨트롤이 안되고 해가 거듭될수록 약은 더 늘어갈 뿐이었다.

10년 전에는 필자도 모르는 사이에 뇌경색이 와서 지금도 나의 오른쪽 뇌 심부 깊숙이 구멍이 뚫린 채로 지금껏 살아왔다.

급기야는 고지혈증에 당뇨병 등의 합병증까지 겹쳐서 필자의 혈관 나이는 80세가 넘어 언제 돌연사해도 전혀 이상하지 않을 상태인 고위험군의 대사증후군까지 왔다.

복용하던 약도 8알이 넘었다.

거기에 당뇨까지 왔으니 필자의 좌절감은 상당히 컸다. 이런 나의 좌절감을 아셨는지 심장내과 주치의는 당뇨 약까지 추가 처방하기 전에 3달의 말미를 주었다.

무슨 수를 써서라도 3달 이내에 체중감량을 해서 3달 후에 다시 정밀 검사를 해보자고…….

그때부터 필자는 죽기살기로 체중감량을 시작했던 것 같다.

일단 먹는 양을 주로 닭가슴살 샐러드만으로 하루 3끼를 해결하는 등 최소한도로만 먹고 몸은 최대한 많이 움직였다. 퇴근 후 저녁이나 출근 전 아침을 이용해서 거의 매일 자전거로 30km 이상 한강변을 달렸다.

그렇게 3달이 지난 후 필자는 체중을 거의 10kg정도 뺄 수 있었다.

3달 후 심장내과 검사에서 너무 신기한 일을 경험할 수 있었다.

혈압, 고지혈증 수치는 물론 당화혈색소 등 나의 모든 건강지표가 정상으로 돌아온 것이다.

복용하던 약도 8알에서 10알로 늘리려던 것이 오히려 4알로 줄

어든 것이다.

이때부터 필자는 나도 노력여하에 따라 얼마든지 건강해질 수 있다는 자신감을 갖고 열심히 운동했던 것 같다.

철인 3종 경기에 입문하기 위해서 수영강습을 등록했고, 자전거 또한 열심히 탔다.

올해 5월에는 전국에서 자전거로 난다긴다하는 3,000여명의 사람들이 강원도 인제에 모여 자전거로 구룡령, 조침령, 한계령을 넘어 다시 구룡령을 넘어 돌아오는 세계에서도 힘들기로 악명 높은 208km 주행거리 획득고도 3000m가 넘는 '설악그란폰도'를 완주해내기도 했다.

그날은 비가 엄청 많이 와서 중도 포기한 사람들도 많아 끝까지 포기하지 않고 완주한 사람이 불과 400명 밖에 안되었는데 그중 하나가 바로 나였던 것이다.

9월에는 바다수영 1.5km, 자전거 40km, 마라톤 10km를 뛰는 철인 3종 경기에 입문하여 완주하였다.

이로써 나는 골골하기 그지없는 저질체력의 배불뚝이 동네아저씨 대사증후군 환자에서 그야말로 철인으로 거듭나게 된 것이다. 이제 남은 것은 42.195 km의 마라톤 풀코스 완주다.

그 사이 하프마라톤으로 3회를 뛰어봤기에 이미 체력은 완주하고도 남는 상태였지만 한번도 가보지 않은 것에 대한 막연한 두려움이 컸다.

유난히 무더웠던 그해 여름은 나는 11월 4일에 있을 뉴욕마라톤에 초점을 맞추고 일주일에 2~3회 이상 무더위를 피해 이른 새벽이나 야간을 이용해 10km 이상씩 달렸다.

뉴욕마라톤 한 달전인 10월3일 손기정 평화마라톤에서 드디어 나는 풀코스 42.195km를 테스트 삼아 완주했는데, 이것은 마라톤 풀코스를 뛰기 전에 나의 몸이 40km가 넘는 거리를 달리기 위해 적응을 하기 위한 LSD(long slow distance) 훈련 차원에서 시도한 것이었다.

손기정 마라톤에서 생애 첫 마라톤 풀코스를 완주한 후 한 달 앞으로 남기고는 부상방지에 최선을 다했다.

10월 14일에 서울달리기 대회에서 하프마라톤을 뛰면서 손기정 마라톤을 뛰고난 후 회복주로 삼았고, 뉴욕 마라톤 대회 2주전 10km를 뛴 것을 마지막으로 모든 훈련을 마무리 지었다.

부상방지를 위해서 뉴욕마라톤 1주 전부터는 어떤 운동도 안하였다. 이제는 참가하는게 더 중요한 목표이기 때문이었다.

그렇게 뉴욕마라톤을 위한 모든 준비를 마쳤다. 그후 11월2일 금요일 나는 뉴욕행 비행기에 몸을 실어 3박5일간의 뉴욕마라톤을 위한 여행을 시작하였다.

고작 마라톤 하나 뛰기 위해서 그 비싼 비행기 값 치르고 3박 5일로 후다닥 다녀오는 것에 대해 주변 사람들은 다들 필자보고 미쳤다고 한다.

그래 맞다. 나는 뭐하나 하더라도 적당히 중간이란게 없다. 한번 꽂히면 끝까지 가고야 마는게 필자의 타고난 근성인 것 같다.

뉴욕마라톤은 보스톤, 런던, 로테르담 대회와 더불어 세계 4대 마라톤 대회 중 하나로 전세계에서 5만명이 넘게 찾아오는 그야말로 축제같은 마라톤 대회이다.

자유의 여신상이 보이는 스태튼 아일랜트에서 출발하여 브루클린 퀸스를 지나 맨해튼을 달려 브롱스를 통과한 후 다시 맨해튼으로 들어와 센트럴파크로 이어지는 42.195km의 코스는 뉴욕의 모든 자치구를 달릴 수 있는 매우 매력적인 코스이다.

그러나 42.195km를 달리면서 필자를 놀라게 한 것은 무엇보다 이런 아름답고 매력적인 코스보다는 코스 내내 자발적으로 응원 나온 뉴욕 시민들의 열기였다.

코흘리개 아이부터 백발의 노인들까지 모두 길거리로 나와 마라톤 출전 선수들을 응원하며 이들과 일일이 하이파이브를 하는데 주저하지 않는다.

심지어는 직접 집에서 손수 만든 요리들이나 음료까지 가지고 나와 응원하는 분들도 많았다.

42.195km 내내 너무나 많은 응원 인파 때문에 필자는 크게 문화적 충격이라고 할만큼 놀랐다. 여기가 혹시 북한이 아닐까 싶었다. 이 많은 응원 인파들이 동원된건 아닐까 싶을 정도로 많이 나왔다.

수십만 아니 적어도 1백만명은 넘어 보였다. 그들에게 응원을 받으면서 그들 사이로 필자는 달린 것이다.

하루종일 뉴욕 시내를 도로 통제하는데도 불구하고 이렇게나 많은 응원 인파들이 모인 것에 많은 생각을 하였다.

우리나라 같으면 당장에 도로가 막히니 차들은 경적을 울리면서 짜증과 민원이 빈발했을텐데 이렇게나 많은 뉴욕시민의 열렬한 응원인파는 생각도 못했을 문화적인 충격이었다.

이런 민도의 차이가 바로 오늘날의 세계 최강국 미국의 힘의 원천이 아닌가하는 생각이 들었다.

그렇게 수십만명의 뉴욕시민들의 응원을 받으며 이들과 하이파이브를 하며 교감을 하면서 달리다 보니 어느새 42.195km 피니시 지점까지 힘들지 않게 달릴 수 있었다.

품속에서 꺼내든 태극기 또한 뉴욕시민들에게 크나큰 환대를 받았다.

그렇게 센트럴파크 피니시 지점을 태극기를 휘날리며 골인 했는데 완주메달을 받고 태극기를 들고 기념사진을 찍으면서 필자 자신이 얼마나 자랑스럽고 뿌듯했는지 모른다.

아마도 필자가 치과대학을 합격하여 치과의사가 된 것보다도 더 큰 뿌듯함과 성취감으로 필자의 기억 속에는 남아있을 것 같다.

이렇듯 다람쥐 쳇바퀴같던 개원치과의사로서의 무료하고 스트레스 많은 삶에 크나큰 성취감과 청년같은 도전의식을 다시 일깨워준 나의 마라톤 입문기.

이제 필자는 마라톤으로 세계 곳곳을 달리면서 나의 발걸음 하나하나를 새겨두고 싶다.

다음은 내년 4월 보스톤 마라톤이다.

인생은 도전의 연속이다.

# 어떻게 치과를 할 것인가

문상원(울산시치과의사회공보이사·문상원치과원장)

수많은 치과 속에서 어떻게 살아남을 수 있을까 고민
지역주민들 마음속에 뿌리깊은 치과로 자리매김해야

울산에서 작은 동네치과를 운영하고 있는 문상원 원장입니다. 2014년도 4월에 치과를 개원했으니, 이제 개원한지도 만7년이 되었습니다. 치과 개원 이후에는 시간이 참 빨리 흘러감을 느낍니다. 제가 개원하고 있는 곳에서 멀지 않은 곳에도, 전국 프랜차이즈 치과인 'OO치과'도 있으며, 지역 곳곳마다 치과는 참 많은 것 같습니다. 이 수많은 치과들 속에서, 내 치과는 어떻게 살아남을 수 있을까? 라는 고민과 생각을 하게 됩니다. 초보 개원의의 임상실력이 월등할 수도 없고, 저수가경쟁이 과열되는 녹록치 않은 개원가 현실에서, 경쟁력 있게 살아남기 위해서는 어떻게 해야 할까라는 고민을 하게 됩니다.

본 업무인 치과 일에 가장 충실한 것만이 해답이지 않을까 생각합니다.

이미 알고 계신 이야기일 수도 있지만, 제가 신문에서 읽은 기업

이야기를 잠시 소개하겠습니다. 제가 늘 곁에 두고 명심하고 있는 이야기이기도 합니다.

지금은 전국 곳곳에 '파리바게트'라는 빵집으로 유명한 SPC그룹과 '삼립식품'은 형제 회사였다고 합니다. 삼립식품 창업주이신 분께서는 우리나라가 광복이 되던 해인 1945년 '맛있는 것을 주는 집'이라는 뜻을 지닌 '상미당'이라는 작은 빵집을 열었습니다. '크림빵'과 '호빵'의 연이은 성공으로 제빵기업을 이룬 창업주는 큰아들에게 '삼립식품'을, 둘째 아들에게는 '샤니'를 물려주었습니다. 큰아들에게 물려준 기업규모가, 둘째에게 물려준 기업보다 10배나 컸었다고 합니다. 작은 회사를 물려받은 동생은 빵을 너무 좋아하여, 미국 유학도 경영학(MBA)이 아니라, 제빵학교를 다녔습니다. 빵과 과자를 배우고, 연구하며, 미국 빵집에 들어가 밑바닥부터 일했다고 합니다. 귀국 후에는 프랑스식 빵에 영감을 얻어 '파리크로아상'과 '파리바게뜨'를 설립하게 됩니다. 제빵학교 시절의 친분으로 '던킨도너츠'와 '배스킨라빈스'를 국내로 도입하고, '파스쿠찌'라는 커피브랜드도 만들었습니다.

이에 반해 큰아들이 물려받은 '삼립식품'은 빵 사업 대신에, 리조트 사업을 시도했다가 무리한 사업확장으로 외환위기 시절에 부도가 났다고 합니다. 결국 동생이 다시 삼립식품을 인수하게 되는 상황이 되었습니다. 본업에 충실하지 못한 상황에서, 다른 곳에 무리한 투자는 기업을 위태롭게 하는 상황을 만들게 됩니다.

동생인 '허영인' SPC그룹 회장은 오로지 빵 하나만 생각한다고 합니다. 사무실 한편에 큰 책상을 놓고, 계열사에서 만드는 여러 종류의 빵을 작게 잘라 먹는 일로 하루를 시작합니다. 해외에 나갈 때에도 인천공항에 있는 계열사 매장을 빠짐없이 돌면서 빵과 커피를 챙겨먹습니다. 이제 '파리바게트' 매장은 우리나라뿐 아니라 중국, 미국, 베트남, 싱가포르, 그리고 빵의 본 고장인 프랑스에도 매장이 있으며, 언젠가는 맥도날드 같은 글로벌 식품기업이 되는 날이 올 것입니다.

기업도 치과도 성공을 위한 길은 같다고 생각합니다. 비록 제 치과의 규모는 작지만, 본업인 치과 일에 충실하고, 환자분들께 좀 더 나은 진료를 위해 끊임없는 노력하는 모습을 통해서, 그 지역에서 인정받는 치과가 될 수 있다고 믿고 있습니다.

1인1개소법을 지켜야 하는 의료기관의 특성상, 프랜차이즈화하는 대기업보다는 각 지역마다 동네 단골손님들이 믿고 즐겨찾는 지역 대표 빵집 같은 치과가 되고 싶습니다. 아프지 않고, 편안하게 치료받을 수 있으며, 적절한 치료계획으로 치료결과가 오래 잘 유지될 수 있도록 관리해줄 수 있는 치과가 되도록 노력하고 있습니다. 저는 보존과 전문의는 아니지만 잘 치료된 '근관치료'가 가져올 수 있는 통증조절 및 염증조절 효과를 믿고 있기 때문에, 자연치아

수명을 더 늘려줄 수 있는 치료를 하고자 매진하고 있습니다. 임플란트 수가는 점점 낮아지고, 근관치료의 적정수가가 인정받지 못하고 있는 현실에서, 살아날 수 있는 치아들도 쉽게 발치되는 것은 아닌지 곱씹어 보게 됩니다.

전국에서 크고 작은 치과 세미나가 자주 있기 때문에, 부족하다고 느끼는 진료분야는 연자분들의 강의를 들으며 임상실력 향상을 도모할 수 있습니다. 세미나를 들으면, 대한민국에는 유능하신 치과의사 분들이 참 많이 있구나 라는 것을 느낍니다. 이렇게 열심히 살아가는 모습은 저 뿐 아니라, 가까운 선후배 치과의사 분들의 모습이며, 치과의사로 살아가는 모든 개원의들의 모습이라고 생각합니다.

시간이 갈수록 치과도 많아지고, 경쟁이 치열해지는 것 같습니다. 수가경쟁보다는 본연의 업무에 충실한 것을 치과에 방문해주시는 환자분들께서도 알아주시리라 믿습니다.

바쁜 일상 속에서 틈틈이 건강도 잘 챙기실 바라며, 스트레스를 적절히 조절하는 것도 중요하겠지요.

뿌리깊은 나무는 바람에 흔들리지 않는다고 합니다. 지역주민들의 마음속에 뿌리깊은 치과들로 자리매김 하시길 기원하겠습니다.

# 月과 月이 모이면 왜? 朋(친구: 붕)이 될까

박병기(광주·함께하는대덕치과 원장) : 한자와 창의력 키우기

차원 달리해 사물을 보듯 A와 B 연결하는 스토리텔링
상담 자료를 이용하는 창의적인 프로그램 만들고 싶다

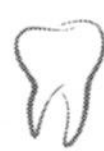

필자 원장실 책상 앞에는 2017년 3월 독서모임에서 '보물지도(모치즈키 도시타카, 나라원 출판)'를 읽으며 그려 놓은 보물지도가 걸려있다. 그 해 12월 집사람과 송년술자리를 하며 2년의 휴식년이 주어진다면 보물지도 속 보물을 찾기 위해 여행을 떠나고 싶다고 하였다.

내 보물지도에는 하고 싶고, 이루고 싶은 5가지 보물에 대한 사진과 글이 있다.

1. 아들 군대 가기 전 가족여행하기. 그리고 휴가 나오는 아들이 허락한다면 여행하기.
2. 80대 후반이신 부모님 아프시면 언제든지 병원 모시고 가기. 그리고 두 분 모시고 여행하기.
3. 대표를 맡고 있는 지역 봉사단체(바람꽃 주거환경 개선단) 봉사 할 때 처음부터 끝까지 함께 봉사하기.

4. 27년 진료하며 찍고 정리하였던 임상사진(1998년 "환자와 함께하는 치과 이야기" 나래 출판사 출판) 정리하여 진료 상담 프로그램 만들기.
5. 독서와 경영이라는 테마로 자기 개발 프로그램 만들어 운영하기.

2018년 4월부터 후배 원장과 같이 치과를 하며 진료에 대한 부담을 줄이고 시간적인 여유를 갖고 있다. 가족과 여행도 하고, 진료 시간에 '부모님이 아프시다' 연락이 오면 병원에 모시고 가고, 부모님 모시고 여행도 다녀오고, 바람꽃 회원들과 땀 흘리며 도배 장판하는 법도 배웠다.

아침에 치과에 출근하면 슬라이드를 정리하여 상담 자료를 만들고, 오후에 수술이 있는 경우 자리를 지키고 있다가 퇴근을 한다. 정리하고 있는 자료를 가지고 무언가 하고 싶다는 막연한 꿈은 꾸지만, 대학 입학 이후 치과만을 생각하였던 머리에서는 좋은 아이디어가 떠오르지 않는다. 진료에서 벗어나 정신적인, 시간적인 여유가 생기면 많은 것을 할 것 같았는데 아무것도 이룬 것 없이 후다닥 1년이 지난다.

최근 정재승 박사의 "열두 발자국"을 읽다가 창의성이라는 말이 가슴에 다가왔다. 정재승 박사는 창의성에 대해 "차원을 달리하여 사물을 본다는 것"이라 정의하며, 서로 상관없는 A와 B를 연결하여 스토리텔링(Story Telling)을 꾸준히 하는 것이 창의력을 키우기

방법이라고 한다.

정리하고 있는 상담 자료를 많은 치과에서 이용할 수 있는 창의적인 프로그램을 만드는 방법은 없을까? 2016년 10월부터 논어 498편중 310편의 글쓰기를 2018년 4월에 마무리하였다. 2년의 논어 글쓰기를 마치며 躬자 하나 얻었다. 躬(몸:궁)은 身(몸:신)+弓(활:궁)이 조합된 한자이다. 내 몸이 화살이라면 "내 몸의 활은 과연 누구? 이고 무엇인가?"에 대해 고민하며 많은 글을 썼다. 휴식년이라는 결정은 내 삶의 주인이고자 하는 열망의 결과이다.

3월부터 다시 '논어 글쓰기'를 한다. 子曰 "學而時習之, 不亦說乎? 有朋自遠方來, 不亦樂乎? 人不知而不慍, 不亦君子乎?"논어 첫 구절이다. 2년이 지나 같은 구절을 가지고 글을 쓴다. 관점이 다르면 글도 다르다.

習 : 익히다. 되풀이하다. 연습함. 복습함. 배우다. 습관. 관습.

習자는 羽(깃 : 우) 白(흰: 백)이 모여서 만들어진 한자이다 . 새가 태어나서 날지 못하면 죽는다. 새가 하늘을 날을 때 하얀 배를 보여주는 그것을 習이라고 한다. 공자께서는 學을 하여 그것을 習하는데 있어서 새가 날지 못하면 죽듯이 習하라고 하시며 그렇게 된다면 說(기쁠:열)한다고 하셨다.

說:말. 가르침. 학설(學說).생각. 기쁘다. 기쁨. 희열(喜悅).

說자는 言(말씀: 언) + 兌(바꿀: 태)로 이루어졌다. 學하고 習(行)하여 그 삶이 진실하였을 때 타인들이 言(말)만으로도 兌(바뀌다)하게 하는 것이 진정한 說(기쁨)이 아닐까?

필자가 만들고자 하는 상담 프로그램을 어린 새가 날지 못하면 죽듯이 나의 모든 것을 바쳐서 만드는가? 그리고 상담 프로그램이 동료 치과의사와 환자들에게 기쁨을 줄 수 있는가?

왜? 月이 두 개면 朋이 될까? 만들고자 하는 상담 프로그램과 동료치과원장이 朋이 되는 방법은?

# 나의 진로 탄생기, 1973년

박용호(박용호치과원장)

"자서전은 인생의 최종정리가 아니라 중간정산이다"
인생 별 '정언적 명령'처럼 온 원망(願望) 충족 순간

예상했던 은퇴 시기를 넘기고 보니, 동창들은 중소업체 사장들 외에는 전부 물러났는데 본인은 개업의를 아직 유지하고 있으니 감사한 생각이 든다. 인생의 중요한 직업선택을 잘했다고 자평한다. 생리적 나이 65세가 되면 행복감도 있지만 과거 회상도 뒤따르게 마련이다. 우연히 대학 총동창회신문에서 '정대영의 자서전 특강'이란 책을 접했는데 이 구절이 마음에 와닿았다. "자서전은 인생의 최종정리가 아니라 중간정산이다." 그래 치과의사가 된 동기에 대해 피력해보았다.

중2 때 어느 날 저녁이다. 술을 드시고 기분이 좋으신 부친이 말씀하셨다.

"용호는 의사가 되고 용완이는 사업가가 되거라. 나도 일제 때 연세의전에 가라고 할아버지가 권유했는데 시체 해부가 무서워 의대

안가고 보성전문(고대)법과로 갔다."

부친 말씀이 씨가 되어 마음속에 자리 잡았다.

초등학교 학창시절, 자연 과목이 그렇게도 재미있었다. 5학년 때에 배운 인체구조와 생리는 호기심을 자극했다. 심심하면 백과사전을 섭렵했다. 겨울밤 다다미방에서 유담프 끼고 이불속에서 인체 장기 구조와 역할을 읽는 것이 낙이었다. 그때 집안의 '신데렐라' 사촌 누님이 있었다. 이북에서 남매만 월남해 부친의 도움을 받아가며 어렵게 간호전문학교를 졸업했다. 인천도립병원에 근무하다가 단신으로 도미, 미국 종합병원에 취업했다. 몇 년 후 첫 귀국 했는데 상추쌈을 먹으며 이게 몹시 그리웠다는 특유의 소프라노 목소리가 지금도 쟁쟁하다. 친척들 선물이 그득했다. 선망의 대상이었다.

고1 때 생물 과목에서 DNA와 세포구조를 처음 배울 때는 거의 흥분해서 참고서로 복습하고 미리 예습할 정도였다. 지금도 바로 그날이 생생하다. 6월 초순 막 하복을 입기 시작하고 상쾌한 온풍이 불던 날, 집에 오자마자 생물공부를 했다. 자율 지적 충만감으로 뿌듯했다. 평소에는 영어, 수학에만 몰두했지 타 과목들은 시험 때만 학습했기 때문이었다.

생물은 이은복 선생님 담당이었다. 인체구조를 가르치며 사람과 동물들의 치식을 비교해 주셨다. 교과서에는 없는 내용이었다. 치과의사가 될 운명이었는지 비교동물학에나 필요하지 시험에는 안

나을 법한 수치를 달달 외웠다. 가령 사람의 치식은 2123(전치 2개, 송곳니 1개, 작은어금니 2개, 큰어금니 3개)이라고 말이다. 별명이 '찜찜이'였던 그분의 선행교육에 감사드린다.

중1년, 처음으로 누나와 시내 경동 부근 치과를 갔었다. 흔들리는 위 젓니를 빼기 위해서였다. 1층에 위치한 그 치과는 한가했다. 근엄한 선생님이 아무 말씀 없이 마취를 했다. 따끔하고, 바로 집게 감촉과 치아 움직이는 소리, 하나도 안아팠다. 하얀 가운이 경외스러웠다. 치과와의 첫 대면이었다. 집에 와서 어머니께 물었다. "치과의사는 몇 년 공부해야 하느냐."고. "글쎄, 왜정 때는 4년이었는데, 지금은 의대같이 6년이던가? 모르겠네…." 그 순간 연민과 불공정의 감정이 들었다. 구강도 인체 일부이고 같은 의사이니 당연히 6년을 해야 할 것 같은데…. 나중에 알고 보니 똑같이 6년이었다.

고3 대학입시와의 전쟁 시절, 가을이 되도록 구체적인 목표 학과를 정하지 못했다. 오로지 서울대에 가겠다는 지상과제가 있을 뿐이었다. 학교 교육도 그런 식으로 몰아쳤다. 당시 제물포고는 서울대 합격자 70~80명을 목표로 했다. 그 수치로 전국 일류고 서열이 정해졌다. 선생님들은 수시로 사당오락(4시간 수면하면 합격, 5시간 수면하면 불합격)을 강조했다. 교과목도 서울대 위주였다. 전체 석차 100등 이내면 적성·흥미 불문하고 서울대를 강권하는 분위기였다. 지금 생각해보면 잘못된 일방적인 교육이었다는 생각이 든다.

나의 성적은 720명 중 40등 정도였다. 만족했다. 과외 한번 안받고 매일 새벽 1시까지 공부한 노력의 결과였다. 10월에 접어들어 '학원' 청소년 잡지의 입시정보를 분석했다. 전국대학 학과와 커트라인 점수가 망라된 유일한 잡지였다. 의사의 꿈이 있었다. 그러나 서울의대는 20등 내에 들어야 가능했다. 그러면 당연히 연세의대에 가야 했다. 그러나 사립대는 학비가 비싸다는 선입견(당시 사립대 학비는 국립대의 10배 정도였다.)과 서울대 목표에 경도되어 망설였다. 경로 이탈이 쉽지 않았다. 직업적성이 우선인가 타이틀이 우선인가, 고민했다. 지금 생각해 보면 학비는 아무리 높아도 장학금이든, 아르바이트건 부담할 수 있었을 것이다. 누나가 자월도 초등학교 선생님으로 재직 중이었고, 어머니도 한국사회봉사회 직원으로 계셨기 때문에 그리 어렵진 않았다. 인천교육대학 교수로 계시던 숙부의 도움도 가능했다.

허나 혼자 끙끙했다. 터놓고 식구들과 의견 교환을 못했고 그럴 여유도 없었다. 누나는 섬에 떨어져 있었다. 어머니는 전혀 말씀을 안하셨다. 어머니는 교육자 경험으로 성격이 차분하고 묻기 전에는 미리 앞서서 지적하지 않으셨다. 난 이점을 오히려 고맙게 생각한다. 어머니가 간섭하셨으면 자기 결정에 혼란이 왔을 것이다. 고민은 계속됐다. 더군다나 입시제도가 바뀌어 학과별 모집이 아닌 첫

계열별 모집이었다. 자연계열에는 관심 있는 전공이 식품공학, 섬유공학, 미생물학, 약학이었다. 그러나 큰 매력을 느낄 수 없었다.

국립대인 충남대 의대로 갈까? 자고 일어나면 생각이 바뀌었다. 거긴 하숙 부담이 되고, 차라리 문과로 바꾸어 법대로 가서 고시 공부를 할까?

11월이 왔다. 어느 일요일, 도서관에서 공부 중이었다. 인생 계기는 우연에서 온다. 잠깐 휴식 중 J와 입시정보를 나누었다. 느닷없이 그가 치대를 가겠다고 했다. 순간 머리에 섬광이 번쩍하고 가슴이 뛰었다. 하나에 몰두하면 다른 게 안보인다. "아! 왜 치대를 생각 못했지? 치과의사도 똑같은 의사인데." 인생 별의 순간이었다. 그것은 '정언적 명령'처럼 왔다. 원망(願望)의 충족 순간이었다. 목표가 분명해졌다.

연말 즈음에 어머니가 안정열 담임 선생님을 찾아 뵈셨다. 선생님이 뭐라 하셨느냐고 여쭈었더니 웃으시며 "성적을 보여주시며, 좋습니다, 가능합니다, 하시며 유망한 학과입니다, 그러시더라." 두 분 다 합리적인 분이라 그러셨을 것이라 생각하며, 인정받은 느낌이 왔다. 쉽게 대학원서 쓰기의 통과절차를 밟았다.

나의 선택에 선한 자극을 주었던 그 친구는 외국어대학을 나와 외국계 은행에 근무했다. 40대 중반 동기회장 할 때 그에게 연락해서, 자네 덕에 치과의사 됐다고 크게 한 턱 낼 터이니 한번 나오라고 했더니, 반색했었다. 인생 살다 보면 친구에게 예기치 않은 큰 도움을 받기도 한다. 의료인에 대한 동경심과 경외감이 무의식에 잠재해있다가 부친의 권유와 친구의 자극으로 격발된 것이라 생각한다. 사실 나 혼자의 노력이 아니다. 부모님, 선생님, 친척들, 친구들, 사회, 국가의 합작으로 면허가 탄생된 것이었다. 인생진로의 씨앗을 뿌려주신 부친은 중3 때 갑자기 가셨다. 온전히 스스로 택한 진로, 평생 감사하다.

# 우리는 양심치과입니까

백상현(에스플란트치과병원 원장)

객관화된 수치로 비슷한 결과에 대한 상담받아야 신뢰
진단과 판단 돕는 검사 데이터로 환자 상담하게 되기를

얼마 전부터 양심치과라는 이름으로 매스컴에서 떠들고 있는 치과의사가 있습니다.

다른 병원에서는 충치가 10개가 넘어 백 만원 가까운 치료비 견적이 나왔는데, 양심치과에 가보니 2개 정도만 치료하면 된다고 한답니다. 그리고 보험이 적용되는 재료만 사용해서 치료비가 몇 만원 밖에 안 나왔다며 칭찬의 댓글이 가득했다고 지인이 알려주었습니다.

개원 15년차인 필자도 가끔은 다른 병원 검진에서 충치가 10개나 나왔다고 엄마 손에 끌려온 학생의 입 안에서 아무리 찾아도 10개를 채우지 못한 경험이 있어서, 치과의사의 판단이 다를 수 있지 하며 웃어 넘겼습니다.

하지만 그 원장은 치료비의 거품을 빼기 위하여 직원을 한 명도 쓰지 않는다는 말에 의아해집니다. 그럼 그 많은 기구의 소독은 어떻게 하는 걸까요? 게다가 보험이 적용되는 진료만 담당하다가 해결이 되지 않으면 환자에게 다른 병원에서 치료받으라고 말한다는 기사를 읽으며 이건 아닌데 라는 생각이 듭니다. 그런데도 다른 분야에서 사회 지도층으로 활동하고 있는 제 지인들 조차도 SNS에서 좋아요를 누르고 공유하기를 하는 모습은 무엇일까요?

만약 위에서 말했던 충치 10개 학생을 제가 5개만 치료하면 된다고 하면 저는 양심적인 치과의사가 되는 걸까요? 그 다음 환자에게 치조골 상실이 너무 심해서 치아를 살리기 어려우니 발치를 해야 한다고 제가 말했는데, 옆 치과에서 뽑지 말고 좀 더 쓰자는 설명을 들으면 저는 다시 비 양심적인 치과의사가 되는 거겠지요.

현재는 세상의 모든 분야에서 디지털화(digitalization)가 이루어지고 있습니다. 디지털 혁명의 물결은 일상생활을 포함하여 우리의 삶 전체에 영향을 미치고 있습니다. 디지털 시대의 전도사인 니콜라스 네그로폰테(Nicholas Negroponte)는 컴퓨터가 이제 더 이상 기계가 아니라 바로 생활 그 자체라는 사실을 강조하였습니다. 디지털 세상은 우리가 일하는 방식, 공부하는 방식, 노는 방식, 그리고 친구나 아이들과 커뮤니케이션하는 삶의 방식까지도 변화시킨다는 이야기입니다.

치과계도 예외는 아닙니다.

CAD-CAM을 이용한 보철을 비롯하여 임플란트 수술이나 교정 및 구강외과 분야 등 거의 모든 치과 영역에서 3D 프린팅을 비롯한 많은 기술들이 하루가 다르게 발전해 가고 있습니다. 하지만 이러한 변화는 아직 장비 및 기술에 국한된 면이 있다는 생각이 듭니다. 기공물이나 구강 내에 이용할 장치를 더 정확하게 만드는 것에 집중되어 있다는 뜻입니다.

저는 이제는 치과의 진단 영역에서도 디지털화가 필요하다고 생각합니다. 지금도 가는 치과마다 치료 여부에 대한 판단이 달라 의아하다는 지인들의 질문을 많이 받습니다. 물론 진단은 치과의사 고유의 영역이며, 올바른 치료 방법의 선택은 치과의사의 의무이자 권리이기도 합니다. 하지만 병원마다 너무나 다른 진단과 치료의 필요성에 대한 판단은 환자들의 의아심을 넘어 불만의 요인이 되고 더 나아가 치과의사에 대한 신뢰성을 떨어뜨리게 됩니다. 이러한 상황이 계속된다면 양심치과와 같은 믿기 힘든 이야기들에 좋아요를 눌러대는 국민들은 더 많아질 것입니다.

지금도 일반 의과 질환으로 치료를 받기 위해 대학병원에 가게 되면 수 없이 많은 검사를 하게 됩니다. 물론 의료비 과잉의 주범이라는 의견도 있지만, 진단의 객관화와 표준화라는 장점이 더 많다고 생각합니다. 그리고 환자로 봐서도 예를 들어 지금 갑상선에 mass가 보이는데, 크기는 1.8mm이다. 보통 2mm가 넘어가면 수술적 방법으로 제거하는 것이 추천되는데 1년마다 정기 검진을 통해 지켜보자. 이런 정도의 설명을 듣게 되면 충분히 검사를 위해 지불한 비용이 가치가 있다고 생각하게 될 것입니다.

치과의 경우는 어떨까요? 왜 10년, 20년 전이나 지금이나 우리는 한, 두 장의 X-ray 사진만으로 모든 질환을 밝혀내고 치료 방법을 결정해야 할까요? 충치의 깊이와 잇몸질환의 범위를 좀 더 쉽게 확인할 수 있는 정밀 검사법은 없는 걸까요?

구강 내 MRI와 PET-CT 까지는 아니더라도 초음파 검사나 초정밀 광학 현미경 사진을 찍어서 구강내 연조직 질환의 진단에 이용할 수는 없을까요? 충치와 잇몸질환, 치아파절을 나타내주는 조영제를 이용한 디지털 촬영기법은 없는 걸까요?

대부분이 보험치료인 일반 개원가의 현실에서 무슨 허황된 소리냐고 하실 수도 있습니다. 그런 장비가 개발되더라도 암처럼 죽고 사는 질환도 아닌데 환자들이 자기 돈 내고 찍으려고 하겠냐는 의견에도 고개가 끄덕여집니다.

하지만 좀 더 정확한 진단과 치료시기의 결정을 하는데 도움이 되고 몇 군데의 치과를 돌아다닌다고 해도 객관화된 수치를 가지고 비슷한 결과에 대한 상담을 받는다면 환자들의 치과에 대한 신뢰는 높아질 것이라고 확신합니다. 그것이 대부분의 치과의사가 비양심 치과로 내몰리는 현실에 대한 타개책이라고 생각합니다.

다행히 진단치의학회라는 이름으로 뜻있는 분들이 모여 학술과 연구를 시작하기로 했다는 반가운 소식을 접했습니다. 앞으로 10년이 지나면 치과의사의 진단과 판단을 돕는 4~5가지의 검사 데이터를 듀얼 모니터에 띄우고 환자에게 상담을 하는 모습이 자연스러워지기를 바래봅니다.

# 본질의 오해와 훼손

송재경(서울·굿모닝치과 원장)

"연극은 살아오며 형성된 신념을 다시 생각하게 만든다"
본질 훼손 모독없이 작가 상상력 통해 감상과 재미 배가

하루하루 깊어가는 가을, 바야흐로 만추(晩秋)가 지척에 있는 시점에 연극 두 편을 소개하고자 한다.

국내 최고 연출가와 안무가의 초연작품을 선보이는 '베스트 앤 퍼스트' 시리즈가 10월 7일 마지막 작품 〈크리스천스〉로 대학로에서 막을 내렸다. 미국 출신의 젊은 극작가 루카스 네이스의 작품 〈크리스천스〉는 민새롬 연출로 국내 첫 선을 보였다. 지옥을 믿는 크리스천(부목사와 교인)과 지옥이라는 단어를 잘못된 번역이라 설명하는, 지옥을 믿지 않는, 크리스천(담임목사)과의 갈등을 얘기하는 작품이다.

10년 만에 1000명이 넘는 신도와 시설을 갖춘 대형교회를 일군 담임 목사 '폴'이 교회 빚을 청산한 어느 날이 배경이다. 하지만 이 기쁨의 날부터 견고하던 교회에 조금씩 금이 가기 시작한다. 이들을 한 신념으로 뭉치게 만든, 믿음의 기반에 균열이 생겼다-작은 개척교회를 대형교회로 일궈낸 폴 목사는 이날 기존에 했던 설교와 다른 방향의 설교를 한다. 교단의 복음이 아닌 '자신'이 들었다고 믿는 '진실한 하나님의 복음'을 전파한다-설교를 요약하면 '지옥이 없다는 것'. 하나님 나라, 즉 천국에서는 모든 이가 함께한다는 것이다. 하지만 예수를 통해 구원을 받고, 지옥이 아닌 천국에 간다고 굳건히 믿는 부목사 '조슈아'와 일부 신도는 이에 반발해 교회를 떠난다.

이 극에서 작가는 기독교의 본질인 '하나님과 예수님, 성령이 하나다'이며 하나님과의 관계의 시작과 지속성이 예수님(하나님)을 내 안에 받아들이면서 이루어지는 것이 구원이고 다른 사람과의 관계를 사랑으로 맺으라는 선(善)한 삶을 살으라는 점에 대한 부정과 갈등을 보이는 것이 아니라, 성경에서 말하는 '지옥'의 실존 여부를 두고 목사, 부목사, 교인 각자가 가진 신념의 충돌을 통해 우리가 살아오며 이미 형성된 여러 가지 신념을 다시 한번 생각하게끔 만드는데 있다라고 생각된다. 즉 기독교의 본질을 부정하거나 훼손시키지는 않으며 작가가 의도했던 것을 충분히 풀어내는 작품이었다.

다른 한 작품은 '땅에서 온 남자'(the Man from Earth)라는 제롬 빅스비 원작을 리차드 쉥크먼이 감독한 영화이다. 크로마뇽인이 살던 때부터 14,000여년을 지나 현시대를 살아왔다는 주인공의 삶은, 영화 속에서 언급되었던 호피(Hopi) 인디언들이 생각했던 시간 개념-우리 앞 뒤에 펼쳐있는 배경처럼 어떤 특정한 사건의 스토리를 함축하는 의미를 지닌 시간개념-으로 그 배경을 한 칸, 한 칸 통과해온 주인공의 칸,칸의 이야기로 서술된다. 그의 삶의 경험과 그가 득한 지식, 지혜가 가득한 이야기에 반응하는 그의 동료, 친구들은 그들의 삶을 통해 쌓아졌던 믿음의 체계가 서서히 무너지거나 재정립되는 과정을 보여주게 되는데, 이 이야기를 통해 작가가 말하려 했던 것은 무엇일까? 호피 인디언의 시간의 개념을 사용하여 주인공이 살아온 역사와 고고학, 예술, 과학 등 세상의 이야기를 차근차근 전개하면서 점점 작품에 몰입을 시키더니, 급기야 14000년을 살아온 불사의 주인공이 붓다의 가르침을 사람들에게 전하려 했으나 그 가르침을 받는 사람들의 오해와 주장으로 자신이 예수가 될 수 밖에 없었다는 황당한 이야기에 이르러서는 작품 속의 등장인물들도 혼란에 빠지고 서로 논쟁이 시작된다.

성경 속의 이야기의 진리 여부를 논하는 것이 기독교의 삼위일체의 본질과 신앙을 흐리지는 않는다. 이 작품을 통해 한 종교의 본질을 역사의 진실성이라는 다른 잣대로 훼손하며 예술적 창작의 자유라는 미명아래 모독하는 작가의 의도는 불손해 보이기 시작한다. 그래서 이 작품이 저예산으로 잘 만들어진 주목할만한 영화였음에도 반기독교적이다라는 평을 듣고 있는 것이 아닐까? 이런 이야기 끝에 펼쳐지는 극적인 반전의 전개로 작품이 주는 의미도 흥미롭긴 했지만, 불교의 가르침 속에서 삶의 지혜와 안식을 찾아내려는 필자임에도, 이 영화가 단순한 SF영화적 상상력이라는 것을 넘어 한 종교, 앞서 언급했던 기독교의 본질을 훼손한다는 생각이 쉽게 가시질 않는다. 그렇게까지 하면서 작가는 무엇을 말하고자 하는 것일까? 이 작품의 종교적 왜곡이 주는 점과 대비해 한 작품을 떠올리게 된다.

2009년 쿠엔틴 타란티노 각본 감독 작품으로 '바스터즈: 거친 녀석들'에서 나치 장교들이 모인 극장을 폭파함으로 그곳에 참석했던 히틀러를 사고사로 죽이는 역사적 사실의 왜곡으로 작품을 전개한다. 이 작품에서는 그 어떤 본질의 훼손과 모독없이도 기발하고도, 순전한 작가적 상상력을 통해 보는 이의 감상과 재미가 배가 되었다. 예술적 창작에 있어서 그 자유는 역사적 사실의 왜곡과 윤색의 범위가 아닌 한 종교의 본질의 훼손이냐 아니냐로 재고돼야 할 것이다.

이 작품이 다가오는 10월 25일(목)부터 28(일)일까지 4일간 서울 종로 5가에 위치한 연동교회 부설 열림홀에서 연극을 사랑하는 치과인 모임인 '덴탈씨어터'의 19회 정기공연 작품으로 연극무대에 올려진다. 반 기독교적인 내용이 다뤄지는 작품이 교회부속 무대에서 올려진다는 아이러니와 함께….

# 사랑니 발치와 경영

심경목(부산·동래보스톤치과 원장)

사랑니 발치로 지역적 유명세 타 환자 수 폭발적 증가
진료 핵심은 환자 입장에서의 시간 단축과 동통 붓기

개원을 한지가 2013년 이래 어언 8년째이다. 공중보건의 시절에 치과건강보험청구사 3급 자격증을 취득한 후 치과건강보험청구사 2급 자격증을 치과의사 최초로 취득한 필자로서는 개원직후부터 4년간은 직접 보험청구를 했었다. 체어사이드에서 잠시 대기하는 동안 청구를 하기도 하고 직접적으로 보조직원에게 청구내용을 알려주기도 하였다. 실장급의 데스크 직원보다 청구를 철저하고 정확하게 했기 때문이다. 그렇기 때문에 데스크 직원은 급여가 높은 직원을 채용할 필요가 없었으며 청구교육을 충실하게 받을 수 있는 직원을 채용했다. 청구를 열심히 한 덕분에 하루 100만원 정도의 청구를 달성했는데 당시에는 틀니와 임플란트 진료가 급여화되기 전이라 의미있는 액수라고 판단한다. 그에 따라 공단 부담금인 보험 청구액이 주변 치과의 청구액보다 현저하게 높았고 건강보험심사평가원으로부터 다양한 견제(?)를 받은 바 있다. 그 당시 기억하기로는 월 1500만원 가까이가 전체 삭감이 된 적이 2개월분이 있었다. 그 이유는 사랑니 발치가 너무 많았기 때문이고 그에 따른 CT촬영이 평균보다 상당히 높았던 것이었다. CT촬영을 했던 모든 환자의 사랑니진료와 관계가 없는 진료분도 삭감이 되었던 것이었고 그후 모든 자료를 첨부하여 재심사청구를 통해 받아 내었다. 고난(?)을 겪어낸 관계로 그 이후로는 CT촬영에 대한 삭감은 거의 없었던 것 같다.

치과의사 면허를 취득한 후부터 두각을 나타내었던 사랑니 발치 진료를 특화하여 지난 4년간 점차적으로 사랑니 발치진료 비용을 올릴 수 있었다. 사랑니 발치는 보험진료이니 정해진 환자의 본인 부담금을 내야 하지만 비급여 재료를 이용하여 너무나도 낮은 보험 진료수가를 보상할 수가 있었으며 매년 비급여 재료비를 상승시켜 왔다. 그만큼 사랑니 발치환자의 수요가 점차적으로 증가하였기 때문인데 개원 이래 필자의 치과에 내원한 사랑니 발치환자는 상급병원이나 타의원 의뢰없이 모든 사랑니를 발거하였고 이를 통해 지역적 유명세를 탔기 때문이라 생각한다.

일부 치과의사들이 정확한 정보없이 “사랑니 발치비용을 높이는 것은 불법이니 조심하라.”는 메시지를 받은 것이 많았는데 자료를 첨부하여 가르쳐 주었던 기억이 있다. 일부 40대부터 50대 이상의 고령의 치과의사들에게 고질적인 선입견과 본인의 경험을 통한 한계성에 대해 깨우쳐 드리고 납득을 시켜 드린 경험을 통해서 필자로서도 사랑니 발치 진료비용에 대한 확신을 가질 수 있었다. 그 외에도 사랑니 발치환자의 심평원 민원접수 및 결과를 통한 증거를 통해서도 내 진료에 대한 확신을 명확히 할 수 있었다.

2~3년전 만 해도 하루에 사랑니 발치 수가 많을 때에는 30~40개에 이르렀다. 온라인 마케팅뿐 아니라 사랑니발치 환자의 소개로 끝도 없이 사랑니 환자가 늘어났기 때문이다. 사랑니 발치 환자 수요가 생각 외로 너무 많으니 사랑니 발치 수를 줄이고 발치 진료비를 올리는 방향으로 경영을 하였고 그래서 현재는 필자가 생각하기에 사랑니 발치 비용이 적정수준인 정도로 올려서 절반 정도수의 사랑니 발치를 하고 있다.

사랑니 발치를 하게 되면 대부분은 매복발치에 해당되고 해당 사랑니 인접 제2대구치의 원심면 우식이 많아서 인레이 또는 근관치료를 하게 되는데 지혈이 쉽지가 않고 C자 근관 형태를 가진 제2대구치가 많아서 진료의 난이도가 올라가게 된다. 이는 필자에게는 사랑니 발치 진료보다 더 큰 스트레스로 다가오는데 지금 와서 생각해보면 어떻게든 제2대구치를 살리고자 하는 노력을 정말로 많이 한 것 같다. 치주기원 복합 병소의 경우 크랙의 가능성이 있기 때문에 증상이 없는 경우 치은박리소파술을 하여 직접 확인하기도 하였고 근관치료가 장기화되다가 발치 후 임플란트 진료로 이어지는 경우도 있었다. 하지만 환자와의 신뢰관계는 이미 사랑니 발치 진료와 일반진료를 통해 구축이 되어 있는 상태라 불만은 없었던 것 같다.

사랑니 발치 진료의 핵심은 환자입장에서 보자면 사랑니 발치 중 공포시간의 단축과 발치 후 동통과 붓기라고 생각한다. 즉 술자 입장에서 보자면 발치 속도와 비침습적인 술기에 있겠다. 임상 술기에 대한 내용을 기술하자면 너무나도 많고 디테일한 내용이 많기 때문에 간단히만 얘기하자면 필자의 경우 절개는 1cm을 넘지 않게 하고 있고 골삭제는 거의 없다.

초심자들이 사랑니 발치를 어려워하는 대표적인 이유 4가지는 다음과 같다고 본다. 1)치아절단의 불충분 2)설신경 손상에 대한 두려움 3)치아절단 디자인의 오류 4)발치 기구 사용의 능숙 부족. 이 4가지를 극복한다면 최소한 사랑니 발치를 일반진료같이 편안하게 진료할 수 있을 것이며 그에 따른 보상은 상상이상일 것이라고 확신한다.

2년전 사랑니 발치 영상을 우연치 않게 유튜브에 업로드하면서 현재는 최고 조회 수 19만뷰를 달성하고 있다. 유튜브와 경영에 관해서는 다음 기회에 연재하기로 한다.

# 치아건강과 지금의 나

양혜령(광주광역시동구치과의사회 회장·양치과 원장)

교정치료 보편화로 부정교합 환자 완벽에 가깝게 치료
자기 신뢰란 자아를 고집하는 일이 아니란 점 명심해

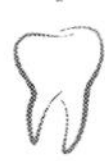

중국 유교의 5대 경전 중 하나인 서경(書痙)에 나오는 오복(五福)은 첫 번째는 수(壽)로서 천수(天壽)를 다 누리다가 가는 장수(長壽)의 복(福)을 말했고, 두 번째는 부(富)로서 살아가는데 불편하지 않을 만큼의 풍요로운 부(富)의 복(福)을 말했으며, 세 번째는 강령(康寧)으로 몸과 마음이 건강하고 깨끗한 상태에서 편안하게 사는 복을 말했다고 한다. 네 번째는 유호덕(攸好德)으로 남에게 많은 것을 베풀고 돕는 선행과 덕을 쌓는 복(福)을 말했고, 다섯 번째는 고종명(考終命)으로 일생을 건강하게 살다가 고통없이 평안하게 생을 마칠 수 있는 죽음을 복(福)을 말했다고 한다.

사람들이 이처럼 큰 행복으로 여겼던 이 오복(五福)을 염원하기 위해 새 집을 지으면서 상량(上梁)을 할 때는 대들보 밑에다가 "하늘의 세가지 빛에 응하여 인간 세계엔 오복을 갖춘다"는 뜻의 "응천상지삼광(應天上之三光) 비인간지오복(備人間之五福)"이라는 글

귀를 써넣기도 했다고 한다.

하지만 백성들은 치아가 좋은 것, 자손이 많은 것, 부부가 해로하는 것, 손님을 대접할 만한 재산이 있는 것, 명당에 묻히는 것을 오복(五福)이라고 말했다고 한다.

한편 현대인들이 생각하는 오복(五福)은

첫 번째로 건강한 몸을 가지는 복(福), 두 번째로 서로 아끼면서 지내는 배우자를 가지는 복(福), 세 번째로 자식에게 손을 안벌려도 될 만큼의 재산을 가지는 복(福), 네 번째로 생활의 리듬과 삶의 보람을 가질 수 있는 적당한 일거리를 갖는 복(福), 다섯 번째로 나를 알아주는 참된 "친구"를 가지는 복(福)을 오복(五福)이라 말한다고 한다.

즉, 치아 건강이 오복(五福) 중 하나라는 것은 서경에 나오는 것이 아니라 서민들이 오래 살기 위해서는 치아건강이 절실했기에 오늘날 '오복(五福)의 하나가 치아'라는 말의 근원이 되었다고 생각한다.

필자는 35년의 치과임상진료와 국제로타리 광주 송죽 클럽, 국제아이즈멘 광주 라일락 클럽, 백화포럼, 광주광역시 여자치과의사회, 전남대학교 치과대학 및 치의학 전문대학원 동창회, 전남대학교 치과대학 3회 동창회 및 광주광역시 동구치과의사회 등 여러 단체의 회장 및 대표로서 실시한 이십여 년 간의 봉사활동에서 일반대중, 불우 이웃 및 경로당 어르신 대상 강의와 검진을 수 백회 실시해 왔다. 그 결과, 오복의 하나인 치아건강에 관하여 몇 가지 느낀 점이 있어 적어보려고 한다.

구강보건교육을 할 때 나는 치과에서 가장 흔한 질병 세 가지는 치아우식증, 치주염, 부정교합이고, 특히 중장년 이후 성인의 80%는 치주염 환자이며, 치주염은 잇솔질 방법, 흡연 여부 및 당뇨병의 유무에 따라 발생 및 치료 결과가 달라진다고 강의한다. 그중 올바르지 않은 잇솔질로 인해 발치까지 가는 경우가 많기 때문에 올바른 잇솔질과 구강위생용품 사용법을 숙지하는 것과, 금연 및 당뇨병치료와 같은 전신건강관리가 중요하다고 강조하고 있다.

또한 검진을 하다 보면 중년 이후 많이 볼 수 있는 질환으로 치경부 마모증, 교모증, 치아파절 및 결손치가 있는데 치경부 마모증이나 교모증, 치아파절 및 결손치가 없는 건강한 치아, 즉 완전한 건치는 중년 이후 분들에게서는 거의 찾아볼 수 없다. 치과치료가 필요하지만 고집스러운 분들은 아프기 전까지는 전혀 이상이 없다고 주장하다가 통증이 발생해야만 내원하는데 이 네 가지 질병은 서서히 진행되기 때문에 환자 본인이 인지하기는 쉽지 않고 치아 훼손이 상당히 진행되고 나서야 통증이 발생하므로 통증 발생 후에야 내원하게 되면 시간적, 경제적으로 부담이 크다고 설명해 드린다.

따라서 반드시 6개월 (노년기는 3개월) 간격의 주기적인 검진으로 예방치료와 더불어 필요한 수복치료를 제 때에 해주는 것이 100세까지 건강하게 사는데 필수적이라고 설명하면서 치료 후 관리 또한 치아의 건강을 유지하는데 중요하다고 강조한다.

또 3·3·3법칙(하루 세 번, 식후 3분 내에, 3분 동안 잇솔질)의 의미와 이에 따른 칫솔질, 그리고 치아에 무리를 주는 달고, 질기고, 딱딱하며 찐득거리는 음식을 줄이는 식습관 교정이 절대적으로 필요하며 연령과 치아상태 등 각자의 구강에 맞는 구강용품의 사용이 중요하다고 강조하면서 구강위생용품은 칫솔이외에도, 끝솔(첨단칫솔), 치간칫솔, 치실, 혀 클리너, 수퍼플로스, 워터픽 구강세정기, 전동칫솔 등이 있다고 설명한다. 어린이의 경우 불소예방 치약과 불소양치액 및 성인의 경우 '시린이' 치약 등을 적절히 사용하는 것도 권장하고 있다.

10년이면 강산이 변한다는데 35년 째 한 장소에서 진료를 하고 있는 필자는 그동안 세상이 얼마나 좋아졌는지 감탄할 때가 한두 번이 아니다. 특히 보험진료가 일반화되어 질 좋은 진료를 많은 분들이 많은 부담없이 받을 수 있게 되어 치료를 권장하는 입장에서 마음이 참 편하다. 최근에는 65세 이상이면 임플란트 2개와 부분틀니 및 완전틀니까지 의료보험 혜택이 되어 저소득층 노인의 경우 낮은 본인부담금으로 진료를 받을 수 있다고 말씀드릴 수 있어 참 좋다.

특히 어린시절, 집에 불이 나서 전소되는 바람에 형편이 어려워 치과진료를 받을 수 없었던 나는, 그래서 치과대학에 진학했고, 정치를 시작했고, 소년소녀 가장과 결식아동, 장애인 및 소외계층을 위한 치과진료 봉사와 노인무료의치사업에 개원 후 지금까지 참여해 왔었기에 어려서부터 꾸어왔던 꿈이 다 이루어진 것 같아 너무 행복하다. 국민소득 증가에 따른 많은 정책의 변화와 치과의사들의 동참으로 어려운 형편일지라도 참을성과 삶의 의지만 있으면 거의 모든 진료를 받을 수 있는 길이 열려 있는 지금이 내가 정치인이자 치과의사로써 꾸어왔던 꿈을 다 이룬 것 같아 행복한 마음이라고 하겠다.

결손치의 경우 CT로 골의 두께와 길이를 확인할 수 있게 되어 쉽고, 빠르고, 안전하고, 아프지 않게, 틀니나 브릿지가 아닌 임플란트로 수복해 줄 수 있게 되었고, 부착치은이 소실되고 치조골이 흡수되어 발치가능성이 높아질 경우 여러 가지 치주치료가 보험청구 가능하게 되어 부담스럽지 않게 치아의 수명을 연장할 수 있게 되었으며, 형상기억합금을 이용하여 신경치료를 쉽고 정확하게 할 수 있게 되어 과거보다 훨씬 더 많이 자신의 치아를 유지할 수 있게 도와줄 수 있어 좋다. 나이가 들면서 치료 부위가 잘 보이지 않는다고 생각할 때쯤 보편화되기 시작한 루페는 비록 적응하는데 한참은 힘들었지만 또 다른 신천지로 나를 인도했다. 교정치료가 보편화되어 부정교합 환자를 완벽에 가깝게 치료할 수 있게 되어 또 얼마나 기쁜지…….

보험청구를 수작업으로 하던 시절, 신경치료를 하면서 방사선 필름으로 사진 찍고 현상하며 현상액과 정착액 처리까지 신경을 써야만 했던 시절, 신경치료를 하면서 대학에서 배운대로 사진을 찍고 청구해도 평균보다 표준촬영을 많이 한다고 삭감당하고, paper point 값이 비싸 cotton을 smooth broach에 말아서 사용하고, 근관장측정기가 없어 잘 보이지도 않는 방사선 사진을 보아가며 힘들게 치료하고, 인건비도 나오지 않는 근관치료를 팔이 빠져 나가도록 치료해도 환자들은 신경치료는 정해진 수가도 없이 보철치료에 덤으로 해주는 것으로나 생각하던 시절이 엊그제 같은데…….

어느 젊은 여자치과의사의 어린시절부터 대학시절, 개원과 결혼까지의 이야기를 다룬 최근에 방영된 〈갯마을 차차차〉라는 TV드라마에서도 등장하듯이 신경치료와 발치 등은 치과에서 하고 보철은 사치과(?)에서 하는 환자들은 또 얼마나 많았는지…….

지금은 설명만 제대로 하면 보험되는 분야가 많아서 치과가 훨씬 싸고 질이 좋다는 인식을 하는 분들이 많아져서 정말 좋다. '스켈링 급여화'를 위해 보냈던 시간들은 또 얼마나 길었던지…….

내원일당 진료비도 많으면 안되고, 내원일수도 평균치를 20% 상회하면 안되며, 조절하지 않고 계속 높으면 자율시정통보를 하고, 그래도 안되면 현지조사를 하고, 조사에서 청구액에 얼마라도 문제가 있으면 5배로 환수조치를 한다고 겁을 주어 평균치를 낮추는 데에만 신경을 쓰게 했던 초창기 건강보험심사평가원의 고압적인 태도에 불만이 있어도 일단은 평균치를 낮춰 정을 맞지 않아야 된다고 고민했던 시절…….

파노라마 사진은 의사가 찍어야만 한다고 하여 매일 불안한 마음으로 살았던 시절과, 상악임플란트 수술을 할 때 머리를 붙잡고 mallet으로 쳐가면서 상악동 천공을 걱정하며 스트레스를 받던 시절을 생각하면 컴퓨터가 보편화되고, 건강보험심사평가원이 변하고, 의료기사법이 바뀌고, 여러 기구와 장비가 날로 개발되어 편안한 마음으로 진료를 즐길 수 있는 지금이 너무나 행복하다.

전세계의 컴퓨터가 서로 연결되어 정보를 교환할 수 있는 하나의 거대한 컴퓨터 통신망인 '인터넷(Internet)'과 동영상 공유서비스인 '유튜브(You Tube)', 그리고 'SNS(Social Network Service)'의 발달로 가능해진 여러 정보의 습득과 전파 및 활용은 치과뿐 아니라 우리의 삶 전체를 얼마나 풍요롭게 해주는지……. 치과 세미나도 원하는 강의를 편안한 시간에 들을 수 있고, 좋은 드라마도 한꺼번에 모아서 시청할 수 있고 좋은 영화도 골라가며 집에서 편안히 감상할 수 있고, 운동도 요리도 쇼핑도 모두 집에서 유튜브를 보아가며 접할 수 있는 지금이 참 좋다. 손에 들고 볼 수도 있고, 중간에 멈추기도 하고, 되감아서 다시 보기도 하면서 정말 좋은 세상이라고 늘상 감동한다.

개원 초창기에 대학원과 각종 세미나에 참가하여 공부를 하면서, 토요일은 물론이고 일요일까지 진료했던 시절을 생각하면 주 5일 근무가 보편화된 지금, 얼마나 많은 여유를 갖게 되었는지 꿈만 같다. 비록 아직은 토요휴무를 완전히 실시하지 못하고 격주휴무로 하고 있지만 이것만으로도 상당히 좋은 조건이라고 생각하는 직원이 많아서 나와 손발을 맞춘 장기근속하는 직원들은 나를 정말 편하게 해주고 그래서 주 5일 근무가 사회적으로 낯설지 않은 지금이 좋다.

미국의 사상가 랄프 왈도 애머슨은 '명상록'에서 "자기를 신뢰하라. 그러나 오해하지 말아야 할 것은, 자기 신뢰란 결코 자아를 고집하는 일이 아니란 점이다"라고 하였다. 치과에 내원하는 환자분들 중 치아건강이 오복에 해당할 정도로 중요하다는 것을 모르는 분은 없다. 그러나 본인의 구강건강상태에 대해 아프지 않으면 건강하다고 생각하여 본인의 생각이 옳다고 고집하는 경우 또한 많다.

필자는 대부분의 경우 본인이 생각한 것보다 치료해야 할 부위가 훨씬 많고, 미리 예방하고 치료하는 것[필자는 이를 '리모델링(remodeling)'이라 칭한다]이 모두 파괴되어 복구하는 것보다 시간적, 경제적으로 훨씬 큰 이득이므로 정기적으로 치과에 내원하여 검진 및 치료받을 것을 언제 어디서나 거듭거듭 강조한다. 치아건강을 지키는 것은 전신건강을 지키는 가장 쉬운 방법이고 지금은 인내와 끈기만 있으면 치아건강을 지킬 수 있고 그로 인해 30~40년 더 사는 것은 문제가 없는 세상이 되었다고 말한다.

35년전 필자가 개원할 때에 비하면 대한민국 국민의 구강상태가 정말 많이 좋아졌음을 피부로 느낀다. 때로는 말이 통하지 않는 억지를 부리는 환자, 세무문제, 인력관리 문제, 비급여 신고 등으로 괴롭힘을 당하면서 힘들 때도 많지만 우리 치과를 찾는 환자의 80%를 넘게 차지하는 구환 및 소개 환자들이 "원장님 하라는 대로 할께요"하며 날 믿고 따라줄 때 나는 정말 행복하다, 항상 '가늘고 길게 산다'는 마음으로 현대인이 원하는 오복을 갖추기 위해 나 스스로도 욕심부리지 않고 긍정적으로 일을 즐기며 건강하게 오래오래 살고자 노력하고 있는 지금이 좋다. 노력하는 사람만이 원하는 것을 얻을 수 있고, 세상은 즐기는 사람의 것이라 하지 않던가?

35년의 개원의 생활 중 절반인 17년동안은 '정치인 양혜령'으로도 지역사회에 알려진 나는 '이 세상을 내가 태어나기 전보다 조금이라도 더 좋은 곳으로 만들어 놓고 떠나기 위해' 여러 방면에서 열심히 노력해 왔다. 그 중 특히 '오복의 하나인 치아건강'을 주위의 많은 분들이 누리게 하기 위해 일할 수 있는 지금은 더욱 기쁘고 행복하다.

# 쇼팽

염지훈(서울·포시즌치과 원장·구강악안면외과전문의)

목숨 걸고 더듬더듬 연주하는 피아니스트 모습 인상적

쇼팽은 곡을 통해서 연주자의 감정을 듣는 이에게 전달

2002년 개봉한 로만 폴란스키 감독의 '피아니스트'라는 영화가 있습니다. 2차 대전 중 유태계 폴라드인 피아니스트 블라디슬로프 스필만의 실화에 바탕을 둔 영화입니다. 영화의 후반부에 주인공인 스필만이 목숨을 걸고 피아노를 연주하는 장면이 있습니다. 그 때 연주한 곡이 쇼팽의 〈Ballade No.1 In G Minor, Op.23〉입니다. 처절한 상황에서 목숨을 걸고 이 곡을 더듬더듬 연주해 나가는 피아니스트의 모습은 매우 인상적이었습니다. 그 장면을 본 것이 17년이나 되었지만 아직도 가장 좋아하는 피아노 연주곡을 선택하라면 단 1초의 망설임도 없이 이 곡을 꼽습니다.

프레데리크 쇼팽(Fryderyk Franciszek Chopin)은 폴란드가 낳은 천재적인 피아니스트이자 작곡가입니다. 폴란드 바르샤바 근교에서 1810년 출생하였고 20대 때에는 프랑스 파리에서 활동하였습니다. 파리에서 활동하던 초기, 악명 높은 피아니스트이자 작곡가 리스트가 쇼팽의 천재성을 발견하면서 그는 조금씩 세상에 알려지기 시작합니다. 섬세하고 감각적인 쇼팽의 피아노 연주는 프랑스 사교계에 알려지게 되며 훌륭한 피아니스트로서 환영을 받습니다. 그렇게 그는 피아노 음악의 시인이자 황제로 떠오르게 됩니다. 작품들마다 화려한 기교 속에 아름다운 선율의 생명력을 불어넣었습니다. 쇼팽은 24개의 연습곡, 24개의 전주곡, 4개의 발라드, 3개의 피아노 소나타와 2개의 피아노 협주곡의 작품을 남겼습니다. 쇼팽은 평생 피아노 곡만 썼다고 해도 과언이 아닙니다. 그래서인지 그의 곡을 듣고 있으면 협주곡에서 들을 수 없는 피아노만의 세련된 기교와 피아노만이 낼 수 있는 감성이 녹아들어 있습니다. 필자가 앞에서 발라드 No.1에 대해 언급하였지만 우리나라 사람들이 가장 좋아하는 곡은 Nocturne이 아닐까 합니다. 쇼팽의 곡들을 잘 모르시더라도 〈Nocturne Op.9 No.2〉는 들었을 때 한번쯤은 들어봤다는 느낌을 받으실 겁니다. 많이 힘들 때 이 곡을 듣고 있으면 누군가 필자를 위로해주고 있다는 느낌이 드는 곡입니다. 잔잔하면서도 정화되는 기분이 듭니다.

쇼팽의 곡 중에 녹턴만큼이나 많이 알려진 곡이 즉흥환상곡입니다. 즉흥환상곡 〈Fantaisie-impromptu in C sharp minor, Op. 66〉는 쇼팽이 쓴 4개의 즉흥곡 중에 하나로 즉흥곡 중에서도 가장 환상적인 분위기가 돋보여서 즉흥환상곡이라고 불리고 있습니다. 이 곡을 들어보면 첫 음부터 비장함을 가슴속에 꽂아 넣는 느낌이 듭니다. 초반에 강렬한 음들이 춤을 추다가 곧 몽환적이고 부드러운 부분으로 넘어가게 됩니다. 4개의 즉흥곡 중에 가장 먼저 작곡하였지만 쇼팽이 죽은 후에나 이 곡이 세상에 알려집니다. 쇼팽은 이 곡에 대한 애착이 무척 강해서 자신만의 작품으로 간직하고 싶어 했고 늘 자신의 악보 사이에 끼고 다니며 세상에 내어놓지 않았습니다. 그래서 일찍 작곡된 곡임에도 불구하고 유작이 되었습니다.

쇼팽의 음악은 그 만의 독특함이 있습니다. 그의 곡을 듣고 있으면 쓸쓸하고 감성적으로 변하면서도 한편으로는 맥박이 빨라지면서 감정이 격해지는 경우가 많습니다. 베토벤의 열정이나 모차르트의 편안함과는 완전히 다른 감정이 느껴집니다. 피아니스트들의 말에 따르면 쇼팽의 곡들은 대단히 예민해서 연주하기가 매우 까다롭다고 합니다. 단순히 악보를 따라  연주하는 것이 아니라 곡을 통해서 연주자의 감정을 듣는 이에게 전달합니다. 거장 피아니스트인 루빈스타인(Arthur Rubinstein,1887~1982)은 생전에 이렇게 이야기 한 적이 있습니다. "내가 쇼팽을 연주할 때면 내가 사람들의 가슴에 직접 말하고 있음을 느낀다." 쇼팽의 곡을 완벽하게 연주하는 피아니스트를 보면 찬사가 절로 나옵니다.

쇼팽은 가장 유명한 폴란드 인이면서 폴란드인으로부터 가장 사랑받는 위인입니다. 폴란드의 수도 바르샤바 공항은 2001년 3월 쇼팽을 기리기 위해 바르샤바 쇼팽 국제공항(Lotnisko Chopina w Warszawie)으로 개명하기까지 합니다. 또한 바르샤바에서는 5년마다 한번씩 쇼팽을 기리기 위해 피아노 콩쿠르를 개최합니다. 쇼팽 국제 피아노 콩쿠르(International Frederick Chopin Piano Competition)는 오직 쇼팽의 곡으로만 실력을 겨루며 차이코프스키국제음악 콩쿠르(러시아), 퀸엘리자베스국제음악 콩쿠르(벨기에)와 함께 세계 3대 음악 콩쿠르로 뽑힙니다. 2015년 제17회 콩쿠르에서 우리나라의 조성진이 21살의 나이로 1위를 차지하여 우승하였습니다. 조성진은 이때부터 지금까지 왕성한 활동을 펼치고 있으며 티켓을 구하기가 쉽지 않습니다. 피아니스트 조성진이 쇼팽의 곡을 연주할 때 보면 열정적으로 연주하면서도 표정은 감정에 북받쳐 모든 것을 쏟아내는 듯한 모습을 보입니다. 앞서 말했듯이 그냥 연주하는 것이 아니라 쇼팽이 곡에 묻어놓은 감정을 피아노를 통해 전달하기 위해 고군분투하는 모습입니다. 감정 소모가 상당히 클 것으로 추측됩니다.

가을을 넘어 겨울로 가고 있습니다. 쇼팽의 곡들과 잘 어울리는 날씨입니다. 쇼팽의 곡들을 찾아서 들어보는 것도 좋을 듯합니다. 제가 언급한 곡들 이외에도 너무나도 좋은 작품들이 많습니다. 연말이 다가오면서 피아노 리사이틀이나 클래식 공연들도 많습니다. 쇼팽의 곡들을 들으면서 차분하게 올해를 마무리하는 것도 좋은 선택이라고 생각합니다.

# 끈적한 잎사귀를 사랑하며

유선태(포천·이동열린치과 원장) : 〈카라마조프 가의 형제들〉을 읽고

"이 세상의 모든 사람들이 무엇보다 삶을 사랑해야 한다"
모든 어려움 끝나고 다시 만나 어울릴 수 있기를 꿈꾼다

"사람에겐 크게 세 종류의 즐거움이 있어야 한다." 이런 말을 들은 적이 있다. 실내‧외 모두에서 즐길 수 있는 취미, 무조건 밖으로 나돌아야 하는 취미, 그리고 방 안에서만 가능한 취미 이렇게 세 가지를 이르는 말이다. 요즈음처럼 이 '실내에서의 취미'가 간절했던 적이 없다. 아껴 두었던 영화들도 전부 봐 버렸고, 이제는 드라마도 지겹고, 그렇다고 마냥 창밖만 바라볼 수는 없고……. 그러다 마침내 몇 년 전 사 두고 거들떠보지 않았던 책들에까지 눈이 가기 시작했다. 그렇게 이 봄, 나를 찾아온 책이 〈카라마조프 가(家)의 형제들〉이다.

하필이면 이 작품을 골랐던 건, 조금 부끄럽지만, 이번을 계기삼아 고전에 도전해 보겠다는 그런 기특한 결심에서는 아니었다. 서가에서 먼지만 쌓여 가던 고전문학 시리즈 중 이 책이 가장 두꺼웠기 때문이었다. 한 장 한 장 읽어 내려가다 보면 시간도 금방 가겠

거니 하는 그런 가벼운 마음으로, 필자는 〈카라마조프 가의 형제들〉과 함께 걷기 시작했다.

도스토예프스키의 수많은 걸작들 중에서도 〈카라마조프 가의 형제들〉이 특별한 이유는, 이것이 작가의 유작이기 때문이리라. 나이 60에 이른 대문호가 평생을 걸쳐 고민해 온 문제가 책 속에 그대로 담겨 있다. 신은 있는가, 없는가. 신이 있다면 도대체 이 세상은 왜 이렇게 고통스러운가. 이런 세상에서 우리는 어떻게 살아가야 하는가? 여기에 대해서 작가는 등장인물 중 한 명의 입을 빌려 이렇게 대답한다. "나는 이 세상의 모든 사람들이 무엇보다 삶을 사랑해야 한다고 생각해."

그렇다면 이 작품은 대체 무엇에 대해 이야기하고 있단 말인가? 역시 '사랑' 일까? 소설가 커트 보니거트는 이런 말을 남겼다. "인생에 대해 알아야 할 것은 모두 〈카라마조프 가의 형제들〉 안에 있다." 우리는 이 말에서 아름다운 희생, 극적인 사랑, 구원과 부활 등을 상상한다. 그러나 소설 속 인물들은 그리 위대하지 않다. 솔직히 털어놓자면, 그들은 오늘날을 사는 우리들 하나하나와 다를 바 없이 평범하다.

〈카라마조프 가의 형제들〉은 19세기 중엽 제정 러시아의 소도시를 무대로 한다. 주요 인물들을 소개하는 데만 해도 한참이 걸리는데, 내용을 간단히 요약하자면 다음과 같다. 지방의 소지주 표도르에게는 두 명의 정실부인에게서 얻은 세 아들이 있다. 첫째 부인의 아들이자 장남인 드미트리는 불미스러운 사건에 휘말려 퇴역한 전(前) 장교다. 그는 아버지를 닮아 성질이 불같은데, 어머니의 유산을 받으러 고향으로 돌아왔다가 표도르와 마찰을 빚는다. 차남 이반은 둘째 부인의 첫 아들로, 모스크바로 유학까지 다녀 온 지식인이자 냉소적인 무신론자다. 그런 형과는 반대로, 둘째 부인의 둘째 아들이자 막내인 알료샤는 사제의 길을 걷고 있다. 표도르의 서자(庶子)로 추정되는 하인 스메르쟈코프도 빼놓을 수 없다.

세 여인에게서 난 네 형제라니, 벌써 파란의 예감이 들지 않는가? 거기에 드미트리는 약혼녀를 두고 그루셴카라는 여인과 사랑에 빠진다. 문제는 아버지 표도르도 그루셴카를 원하고 있다는 것이다. 그 와중에 이반은 형의 약혼녀인 카체리나를 사랑하게 되고, 차남 이반과 막내 알료샤를 동시에 흠모하는 귀족 영애 리즈까지 등장하면서 이야기는 한창 복잡해진다. 오늘날로 말하자면 막장 집안이 따로 없다.

이렇듯 변변찮을 정도로 평범한 이들이 진득한 사랑과 증오로 뒤엉키는 이야기가 바로 〈카라마조프 가의 형제들〉이다. 1,600여 페이지에 이르는 이 방대한 양의 글 사이에서 유난히 마음에 꽂히는 부분을 하나만 골라보자면, 둘째 이반이 친동생 알료샤에게 마음 속 고민을 털어놓는 장면이다. 이반은 이렇게 이야기한다. "봄날의 끈적끈적한 어린잎들을, 푸른 하늘을 나는 사랑해. 바로 그거야! 여기엔 지성도 논리도 상관없어. 이건 오장육부로, 배 속으로 사랑하는 거야. 자신의 최초의 젊은 힘으로 사랑하는 거지……."

그렇다면 이 냉정한 둘째는 왜 하필이면 '끈적한 나뭇잎'만큼은 사랑한다고 고백하는 걸까? 봄날 주변을 한 번이라도 둘러본 적이 있는 사람이라면 어렵지 않게 그 답을 알 수 있을 터다. 새순에서는 으레 끈적끈적한 점액이 묻어나오기 마련이다. 매섭고 혹독한 러시아의 겨울을 견디고 피어난 새 어린잎들을, 그 생명과 부활의 징후를 사랑하지 않을 수 있는 이가 세상에 몇이나 될까. 이반의 말대로 이것은 대단한 지성이나 논리에 의한 것이 아니라, 마음속 가장 깊은 곳으로부터 우러나오는 순수한 기쁨과 열망이리라.

곧 봄을 지나 여름이다. 창밖엔 벌써 푸름이 성큼 다가와 있다. 맵찬 겨울 같은 시련의 계절이 지나고, 끈적끈적한 새 이파리가 우리를 기다리고 있다고 그렇게 믿고 싶어지는 날씨다. 이 모든 어려움이 끝나, 사랑하고 그리워하는 사람들과 다시 만나 어울릴 수 있기를 꿈꾼다. 그때가 되면, 책 속 문장을 빌려 이렇게 외쳐야겠다. "삶을 사랑하노라!"

# 요즘 환자 부모와 요즘 치과 의료인

이승룡(서울·뿌리샘치과 원장)

"어린이 환자 진료가 노인이나 장애인 환자보다 더 어려워"

"환자에게 어떻게 설명해서 치료 잘못으로 사과받으라 할까"

대로변에서 개원을 하고 있기에 아동 환자를 보는 일은 그리 많지 않다. 사실 어린이 환자를 보는게 노인 환자나 장애인 환자를 보는 것보다 몇 배 진료가 어려운 것은 사실이다. 따라서 필자에게는 다행스러운 일인데 어린이 환자를 무턱대고 안본다고 하면 어린이 환자 뒤에 숨겨진 잠재적 부모 환자도 놓치게 되는 것은 자명한 일이다.

어린이도 초등생 미만의 유아나 소아환자의 경우 여간 치료하기가 힘든 건 다 아는 사실인데, 이때 진료시 부모의 행동을 보면 다양하다. 아이가 진료 거부시 주로 부모가 아이를 설득 후 진료를 하는데 휴대폰에 있는 동영상을 직접 보여주면서 진료하는 경우도 있고, 아이가 좋아하는 선물을 사 주겠다고 약속을 한 경우 아니면 뜸하긴 하지만 윽박지르는 경우 등 다양하다. 과거 아이에게 폭력을 휘두르는 부모는 이제 찾아 볼 수가 없는 것 같다.

필자 입장에서도 겁박을 주거나 물리력을 행사하다가는 곧바로 부모로부터 제지가 들어오므로 대화를 통한 아이 설득을 하되 실패할 경우라면 어린이만 전문적으로 보는 치과로 보내게 된다.

며칠전 월요일 대기실에 환자가 북적거리는 소리가 들려 오늘도 힘든 하루가 되겠다 싶었는데 6세 어린이 환자가 아빠와 함께 내원하여 진료를 받게 되었다. 처음 내원한 아이 환자치고는 순조롭게 치료를 잘 받는 아이였다. 진단을 해보니 하악 우측 제1,2유구치 인접면 치아우식이었다. 충치 이환 정도는 심하지 않았으나 통증을 호소하는 것으로 보아 인접면 사이 음식물이 끼어서 식편압입으로 통증을 느끼는 것으로 알고 선택한 보험 재료인 글래스 아이오노머로 충전을 하였고 술전 충치 이환부위 사진 촬영부분을 보여드렸다. 간단한 설명과 함께 진료를 끝마치고 다른 환자를 보게 되었는데 이튿날 보건소에서 전화가 왔다.

민원이 들어왔으니 몇 가지 물어본다고 하여, 어떤 환자인지는 모르지만 민원 사항에 대한 답변을 간단하게 설명을 해드렸다. 다른 진료를 하면서도 도대체 어떤 환자가 무엇 때문에 민원을 넣었을까 하며 궁금해 했다. 느낌이 아동 환자 누구인지 차트를 찾고 당시의 기억을 떠올리며 머릿속에서 재현해 보았다.

그러던 중 오후에 보건소 직원 2명이 찾아와 환자 보호자가 민원을 넣은 아동 이름을 제시하자 필자의 생각과 일치된 아동 환자가 맞았다. 공무원 입장에서 민원이 들어왔으니 그 부분이 일방적인 주장이더라도 문제된 부분을 설명해주기를 바라고 어떤 경위인지 알기 위해 찾아왔다고 했다. 있는 사실을 알려드리고 혹시 위임진료는 안했는지 그리고 환자분이 레진이라는 재료를 충전했다고 하는데 맞는지 여부 등을 물었다.

환자가 치료 후 아파서 타 의료기관에 갔는데 아마도 그곳에서 환자의 현재 상태의 징후만 보고 판단을 내린 다음, 환자에게 설명한 부분이 필자의 잘못된 치료로 인식하게 만들었던 모양이다. 환자 보호자가 제시하는 부분에, 나름대로 문제가 있는 점을 지적하고 사실과 다른 부분을 얘기하였고 한편 그쪽에서는 사과를 받고자 하는 내용이라는 것이다. 나는 보건소 직원들의 질문과 얘기에 불만은 없었다. 민원에 대한 처리를 위해 이메일로 답변을 해달라는 것으로 마무리가 되었고 가능하면 민원인에게 사과의 전화를 해달라는 당부의 말씀도 있었지만 강요사항은 아니니 적절한 답변을 해주면 좋겠다는 것이었다.

어찌되었든 이러한 일을 가지고 나름대로 해결을 했지만 뒤끝이 찜찜했다. 여러 가지로 생각해 봤지만 몇가지 아쉬운 점이 있었다. 신뢰가 무너져가는 사회의 단면과 요즘 아동환자 보호자의 인식이 문제라는 것을 느낀다. 불만이 있으면 최소한 나에게 전화를 하거나 찾아와서 상황설명을 하고 해결하려는 자세는 보이지 않고 무조건 민원을 넣고 보자는 심리가 마치 뒤통수 때리는 것처럼 너 한번 당해보라는 식이다.

나름대로 이런 점을 보건소 직원에게 얘기했더니 이런 부류의 민원인으로 본인들도 힘들다는 내색을 하였고 또 하나 동업자의식이 전혀 없는 것이 참으로 아쉬웠다, 같은 동료입장에서 환자에게 설명을 어떻게 했기에 필자의 치료가 잘못되었으니 배상은 바라지 않지만 사과를 하라는 것으로 보호자가 얘기한걸 보면, 그 치과 원장이 누구인지 찾고 싶은 심정이었다.

무더운 여름에 에어컨도 고장이 나서 힘든 요즘에 더 짜증나게 하는 일로 불편한 여름을 보내게 되었다. 점점 각박해지는 사회상을 보며 이것도 내탓 이려니 생각하고 스스로를 반성해보며 좀 더 세심하지 못한 나의 행동을 되짚어 본다.

# 어머니의 호박

이영만(은평치과의원·대한치과의사협회 31대 기획이사)

어린 시절 어머니가 끓여준 애호박 된장국 늙은 호박죽
지워지지 않을 모성 사랑과 향수 대명사 자리잡게 해줘

종일토록 환자들의 구강을 들여다보며 치아를 고치다가 퇴근 무렵이 되면 마음부터 먼저 달려가는 곳, 바로 어머니와 나의 농장이다. 자동차로 20분이면 당도하는 그곳엔 보석 같은 별과 쟁반 같은 노란 달이 선명하게 빛나는 밤하늘이 열리는 곳이다. 또한 우뚝 선 참나무들이 수도승처럼 도열하여 숲을 이룬 곳이기도 하다. 상쾌한 바람이 감도는 그 속에 서면 하루의 피로가 말끔하게 가시며 여유롭게 시상이 떠오르기도 한다.

요즘 농장에서 특히 나의 마음을 사로잡으며 많은 상념을 떠올리게 하는 것이 있다. 아직 서리가 내리기 전이라 달맞이꽃과 함께 뒤섞여 노란 듯 붉은 듯 피어있는 호박꽃과 보름달처럼 커진 늙은 호박이 바로 그것이다.

'텃밭 양지 바른 / 녹슨 철길 뚝방 아래 / 거름 한 주먹씩 던져주며 / 어머니가 뿌려놓은 호박씨 / 노랗게 꽃 필 때면 / 호박꽃도 꽃이냐고 핀잔만 주더니 / 오색물결 익어가는 가을에 / 둥근 달처럼 잘 생긴 노란 호박 / 너야말로 늙어 사랑받는구나 / 주름진 어머니의 얼굴인가 / 너도 좋아 나도 좋아 / 호박처럼 늙어 가고 싶다.'

- 졸시 〈어머니의 호박〉 전문

호박을 예찬하노라니 친구 시인이 쓴 '그 이름 호박꽃'이란 시가 떠오른다.

'요염하지도 도도하지도 않네. / 못생겼다는 오랜 편견에 항변도 없네. / 그저 은은하게 자신의 빛을 호롱불처럼 밝힐 뿐. // 바라보기만 해도, 이름만 불러봐도 왠지 마음이 푸근해지네. / 어떤 푸념도 투정도 다독여주는 어머니의 손길인가. / 어떤 비애도 분노도 녹여주는 어머니의 가슴인가. // 멀고 먼 순례의 길 끝나고 / 고향 찾아 돌아가는 길에 / 환한 빛으로 맞아주는 잊었던 임인가. / 토담 너머 된장국 냄새와 어우러져 다가오는 / 수더분한 순정이여.'

서로 다른 두 사람의 호박을 바라보는 시선은 은근한 공통점이 있다. 수수하고 꾸밈없는 겉모습에 대한 친근함이 그 우선이겠고 거기에 더해져 포근하고 따뜻한 느낌이 흐른다. 그 뿐이랴. 호박에서 시작되는 두 시의 감정은 어머니와 어릴적의 기억으로 연결지어진다.

그뿐아니라 호박의 감정은 푸근하고 토속적인, 그래서 친숙하고 편안한 된장국과 늙은 호박죽의 느낌으로 모아진다.

왜 이처럼 호박에 대한 각별한 정감이 우리의 기억에 내재되어 있는 것일까. 나의 경험과 기억으로 헤아려보자면, 아마도 어린 시절 어머니가 끓여준 애호박 된장국과 늙은 호박죽과 연관이 있지 않을까 싶기도 하다. 먹거리가 풍족하지 않던 시절에 호박은 참으로 손쉽게 거둘 수 있는 귀한 찬거리였다. 거기에 어머니의 정성과 손맛이 더해진 애호박 된장국과 호박죽은 나의 입맛의 기본을 형성하게 해주었고, 동시에 지워지지 않을 모성의 사랑과 향수의 대명사로 자리 잡게 해준 것이라고 생각하게 된다.

생각만 해도 침샘에 침이 고인다. 몸도 마음도 허기질 때, 값비싼 회나 육고기의 진수성찬도 왠지 식욕을 돋우지 못할 때 어머니의 호박 된장국, 호박죽이 생각난다. 오늘날까지 환자와 씨름하는 격무에 시달리면서도 나의 건강의 기초를 건사해준 것은 다름 아닌 '어머니의 호박'이라고 느껴진다.

호박은 비타민 A가 풍부하여 눈 건강에 좋고, 섬유질 또한 풍부하여 변비, 대장암, 전립선, 당뇨에 좋으며 피부에도 좋은 효능을 갖고 있다는 호박. 늙은 호박은 칼로리가 낮은 식품이다. 100g에 27kcal로 칼로리는 낮지만 포만감을 주어 다이어트에 좋은 식품으로 알려져 있다. 게다가 늙은 호박은 부기를 완화해주고 치유해주는 효과가 있다고 널리 알려져 있다. 비타민A가 되는 카로틴과 비타민C, 그리고 칼륨, 레시틴 등이 풍부해서 회복기의 환자나 위장이 약한 사람, 그리고 소화기능이 상대적으로 약한 노인이나 매운 것, 신 것 등 맛이 강렬한 음식을 피해야 하는 산모들에도 매우 좋은 음식이다. 게다가 해독작용이 뛰어나 숙취해소에 도움이 된다고 하니 늙은 호박이 많이 생산되는 요즘에 호박즙 한두 박스 구입해 먹는 것은 건강에 도움이 될 것 같다. 이렇게 놀라운 효능을 가진 호박이라면 호박 먹기 국민운동이라도 벌여야 하지 않을까 싶다.

이제 늙은 호박이 제대로 늙어 충분히 익으면 수확해서 거실에 쌓아둘 것이다. 보기만 해도 마음이 풍족해지는 늙은 호박탑! 삶이 팍팍하고 힘겨울 때는 호박을 생각하자! 우리 속담에 "호박이 넝쿨째 떨어졌다."라거나 "호박이 떨어져서 장독으로 굴러 들어간다."고 했다. 뜻밖에 좋은 물건을 얻거나 행운을 만났다는 뜻으로 쓰이는 속담이다. 영어 '세렌디피티(Serendipity)'와 일맥상통하는 의미가 있지 않을까 싶다.

구수한 된장국 내음이 코를 스치는 순간 어머니가 부르신다.

"영만아! 저녁 먹어라."

노모와 함께 오붓하게 저녁밥을 먹는 시간.

가을밤의 별빛 속에 도란도란 속삭이는 호박의 이야기가 들리는 듯하다.

# 깨달음

李在浩(대구·이호치과 원장)

오도의 경지 들으며 처음으로 깨달음 동경의 씨앗 심어
가장 평범한 평균치를 정상으로 보는 정신과 의사 한계

이 세상은 신비로움과 의문으로 가득 차 있다. 어찌하여 마른 가지에서 꽃이 피고 장미는 붉고 벚꽃은 흰가?

깨달음의 정신세계는 내게 동경의 세계였고 의문이었다. 처음 불교의 깨달음이라는 단어를 들은 것은 중학교 때 고향의 포교당에서였다.

눈빛이 깊은 어느 젊은 스님에게서 불교 교리를 배우면서 승려들이 다다르고 싶은 깨달음의 정신세계. 오도의 경지를 들으면서 처음으로 동경의 씨앗을 심었다. 대학생 청년기를 지나면서 그 동경의 세계를 그리며 이 책 저 책을 뒤적이고 스님들과 친하게 지내면서 깨달음의 세계를 물어 보기도 했다.

참선을 흉내내 보기도 했지만 깨달음의 꼬리도 보지 못한 채 동경과 의문만 더해 갔다.

깨달음의 세계는 특별히 있는 것일까?

육신을 가진 인간이 인간 정신의 범주를 벗어날 수 있는 것일까?

3년간 토굴에서 면박 수행하고 단지로 결의를 다진 스님이 오도의 경지에 이른 것 같아 이것저것 집요하게 물어 보았다. 깨달음을 얻고 나면 어떤 변화가 있고 몸과 마음은 어떤 상태이며 정말 평상시와 완전히 틀린 정신세계가 있는지 의문을 나타내었다.

스님은 빙그레 웃으면서 세상이 즐거워진다고 했다. 바람소리도 즐겁고 달뜨는 것도 즐겁다고 했다. 매일 매일 좋은 날이라는 옛 스님들과 비슷한 이야기였다. 진정한 즐거움. 법열이라고 이해되지만 대승불교에서 자기만 즐거워진다면 중생과 고통을 함께 하겠다는 불교정신과 어긋나지 않는가?

지옥의 모든 중생을 구하고 마지막으로 극락으로 가겠다는 지장보살은 어떻게 된 것일까?

조주선사는 팔십 평생을 천하를 주유하면서 선지식을 찾고 깨달음을 찾아 헤매었다. 팔십이 넘어 그 분이 한 이 말은 평상심이 도라 하였다.

설날이면 떡국을 끓여먹고 해 뜨면 즐거운 마음으로 들로 나가고 가을이면 곡식을 거두는 마음. 도라는 것은 특별한 것이 아니라고 했다.

노자나 장자처럼 자연과 하나 된 마음. 자연 중에서 잘난 것도 없고 못난 것도 없는 평범한 존재.

그 마음 평상심(平常心)이 도(道)라는 것이다.

오도송(悟道頌)이란 깨달음을 얻는 순간의 감격을 읊은 선시다.

법정스님이 편집한 오도송도 있고 여러 권의 오도송이 있다.

이것저것 읽어보면서 신비와 의문만 더해갔다.

부처님, 석가모니가 읊은 오도송은 간결하면서도 수긍이 갔다.

'깨닫지 못했을 때는 세상이 성(城)이더니 깨닫고 나니 세상은 공(空)이더라' 걸림이 없는 마음, 그럴 수 있겠구나 했다. 조주선사의 평상심과도 비슷하다.

그런데 효봉스님의 '오도송'은 도무지 이해가 되지 않는다.

'바다 밑 제비둥지에서 사슴이 알을 낳고 불속 거미집에서 고기가 차를 달인다. 이 집안의 소식을 뉘 있어 알아 볼 건가. 흰 구름은 서쪽으로 날으니 달은 동쪽으로 달리네.'

이 시를 정신과 의사한테 보여주면서 이 시를 지은 사람의 정신 상태를 물어보았다. 한마디로 정상이 아니라고 했다. 환상 속에 사로잡힌 무슨 정신병 상태라고 했다. 효봉스님의 오도송이라고 했더니 놀라면서 그러면 정신병 상태는 아닐 것이고 자기는 모르겠다고 손을 저었다. 인간의 가장 평범한 평균치를 정상으로 보는 정신과 의사의 한계이겠지만 의문은 더하여 가기만 했다. 성철스님의 오도송도 온통 의문만 더하게 했다.

번뇌로 가득한 세상에서 번뇌 없는 세상으로 가겠다고 '아제 아제 바라아제'를 독송하며 참선하는 스님들과 평상심이 도라는 조주선사와 지옥에 한 사람의 중생이 있어도 극락에 가지 않겠다는 지장

보살.

의문과 동경은 빙글빙글 돌기만 한다. 지구는 신비와 경이로 가득 차 있다. 황량한 우주의 오아시스.

깨달음의 정신세계도 동경과 의문으로 가득 찬 세계이다.

# 우리 동네 Y 원장

이흥우(이흥우치과의원 원장)

: '그때가 가장 좋았던 걸 그땐 왜 몰랐을까?'

병 앞에서 인간이란 의사나 환자나 모두 똑같은 처지

세월을 같이 보내는 동안만 보통 인간에겐 인연 허락

우리 치과는 신도심이 아니라 구도심에 있다. 개업 초엔, 시장 입구 버스정류장 앞에 있어서, 명절엔 과일이나 제례물건 사러 오는 사람들 어깨에 치여 나무 간판이 떨어진 적도 있었다. 몇 년이 지나, 길 건너 모퉁이 하나를 돌아 조금 한적한 지금 장소로 이사를 왔다. 건물 뒤로 작은 아파트 단지가 새로 생겨나긴 했지만, 그래도 아직 이 동네가 인천에선 가장 옛날 정취가 많이 남아있는 곳 중의 하나이다. 그러니 시골 장터에는 못 미쳐도 좌판이 옹기종기 모여 있던 옛 재래시장의 흔적이 조금 남아있고, 마실 다니는 사람들의 정거장처럼 느티나무 정자 대신 노인정이 있다. 의자에 앉으면 항상 생선비린내가 나던 시장 아주머니는 할머니가 되어서도 치과에 단골로 오고 있어, 몇 주 전에도 치료를 받고 막 나가던 차에 대기실에서 들어오는 동네 환자와 마주쳐 “아이구, 사돈 어찌 오셨수?” 하며 서로 인사를 한다.

필자가 일하고 있는 치과 바로 옆에는 작은 동네 의원이 있다. 거기 의원 Y 원장과 내가 같은 동네에서 일하게 된 지가 벌써 20, 30년 되었을까? 한 주에 한두 번 함께 점심을 먹기도 하고, 주사실로 쓰는 그의 의원 2층 한구석에 마련된 당구대에서 식사 후 자투리 시간에 당구를 치기도 했다. 종일 의원 진료실에 갇혀있는 의사들에게 점심시간은 그나마 잠시라도 형광 불빛이 아닌 햇빛과 울타리 밖의 작은 사회를 만나는 시간이기도 해서, 젊은 시절엔 동네 의사들이 삼삼오오 모여 잡담으로 꽃을 피우기도 했다. 그런 멤버 중에서도 특히 Y 원장은 일터가 옆에 있는 만큼 사이가 돈독해서, 언젠가는 애들까지 몽땅 서해안 해수욕장으로 함께 여름휴가를 가기도 했다. 그러다가 15년 전쯤이었을까? Y 원장네 가족 모두가 7년 정도 캐나다로 들어가는 바람에, 한동안 그와 서운한 이별을 했다. 다행히 아이들이 대학을 마치면서 부부는 되돌아와 그가 진료를 다시 시작했으니, 그가 곁에 있는 반가움은 예전보다 두 배로 컸다.

그러던 그가 작년 겨울 여러 날 보이지 않고, '개인적 사정으로 한 달 휴진합니다'란 종이쪽지가 의원 벽 바깥에 붙었다. 깜짝 놀라 전화를 해 봤더니 2주 전 갑자기 쓰러져 입원해있단다. 병상 옆 의자에 쪼그리고 걸터앉아 쪽잠에 빠져 있던 마나님과 그를 본 건, 며칠 후 그가 입원한 대학병원을 찾아가서였다. 평생, 불빛이 그리 밝지도 않던 의원 구석에서 일하던 30년 지기 동네 친구가 손발이 불편한 채 누워있었다. '아, 병 앞에서 우리 인간이란 의사나 환자나 모

두 똑같은 처지이어서….'

다급한 입원 때문인지 다인용 병실의 환경도 넉넉하지 않아, 목 잠긴 우리의 대화는 옆 침대에서 계속되는 가래 기침 소리로 점점이 끊겼다. 2 주쯤 지났을까? 조금 나아져 다른 종합병원으로 물리치료와 재활치료를 받으러 옮겨갔다는 얘기를 듣고, 마침 성탄절이 임박해 찾아가, 힘내라며 아무렇지 않은 듯 가벼운 농담과 웃음을 섞어가며 "나중에 또 올게." 하며 돌아왔다. 그러다 이따금 문득 생각이 나면 저녁 산책길에나 전화를 걸어 안부를 묻곤 했지만, 인간사가 그때 마음처럼 그렇게 되던가? 이젠 그를 찾아보기는커녕, 요즘은 전화도 자주 못 하고 있다.

옆에 있을 때 그리고 세월을 같이 보내는 동안만, 보통 인간에겐 인연이 허락된다는 걸 그땐 몰랐다. 지금, 여기 있는 사람이 가장 중요하고, 오직 그 시간 그 자리에서만 대부분 인연이 있다는 사실을, 건방져서 옛날엔 잘 몰랐다. 세월이 흘러도 곁에서 계속 만날 수 있다는 것이 큰 복인 걸, 그땐 깨닫질 못했다.

코로나 때문에, 식당에서도 몇 사람씩 떨어져 밥을 먹는다. 점심을 먹고 그의 의원 앞을 지나오다 이런저런 상념에 젖는다.

그때 저기, 옆 동네의 내과 원장이 근처에 있는 자택에서 점심을 먹고 나오는지, 마나님과 손을 꼭 잡고 오다, 나와 마주치자 슬며시 손을 놓는다. "손잡고 다니니 좋네." 하며 '그냥 잡고 가라'는 무언의 뜻으로 그의 등을 가볍게 툭 쳤다. 이따금 동네에서 마주치던 그들

부부가 옛날엔 서로 2m쯤 멀찌감치 떨어져 다니곤 하여, 사이가 별로인가 하였는데, 오늘 Y 의원 앞 거리에서 애틋하게 손잡고 걷는 걸 보니 새삼 그 모습이 반가워 나도 모르게 손이 먼저 말을 했나 보다.

아, 오늘은 Y 원장에게 전화해야겠다. 집사람과 저녁 산책을 하다 전화를 걸면, 그는 내게 조금 너스레를 떨겠지. 그러다 얘깃거리가 떨어지면, 유난히도 서로 눈초리가 다정했던 마나님에게 전화기를 건네며, 오늘도 또 내 집사람을 바꾸라며 안사람들끼리의 작은 넋두리들을 이어가게 하겠지.

'아, 이제쯤은 그가 반듯이 걷고 있겠지.'

# 임플란트 소회

임창준(이엔이치과 원장·무늬와공간 대표)

이벤트성 특가에 자신의 운명을 거는 일 매우 안타까워

2005년도에 유럽에서 한국까지 오셔서 임플란트를 이용하여 무치악 상악 부위를 수복하셨던 박사님이 13년 만에 다시 내원하였다. 오랜 만에 환자분이 내원하면 불안한 것이 사실이다. 이런 경우, 이미 걷잡을 수 없이 상황이 악화된 경우가 많기 때문이다. 환자분의 주소는 필자가 치료했던 부위가 아니고, 인근 국가와의 국경지역에 형성된 의료타운에 있는 제일 싸고 잘한다는 치과에서 하악에 식립한 임플란트들의 주위 잇몸이 불편하다는 것이었다.

치과 파노라마 엑스레이와 CT 촬영 결과 상실된 하악치아의 개수에 비해 너무 적은 개수의 임플란트가 식립되어서 씹는 힘을 견디지 못한 임플란트 주위의 치조골과 잇몸이 파괴되며 염증이 생긴 것이었다. 결국 일반 치주치료와 동일하게 뼈이식을 동반한 임플란트 주위 잇몸 수술을 하고, 당시 실패해서 제거했다는 구치부 임프란트를 일부 추가함으로써 구강내 균형을 유지시킬 수 있었다.

과거에는 치아가 망가지거나 소실된 경우에 이를 대체할 수단이 없었다. 때문에 치아 건강에 이상이 생긴 경우에는 먹고 말하는 기본적인 것부터 소화를 시키는 등의 일상생활에 어려움이 따르는 것은 당연했다. 영양분을 충분히 보충하기 어려운 시대에 치아 건강은 생사에 영향을 미치는 중대한 문제가 될 수밖에 없었다. 치아 건강이 오복에 해당한다는 것도 이런 이유라고 하겠다.

이제는 기술의 발달에 의해 자연 치아의 기능을 상당 부분 비슷하게, 혹은 약해진 본인의 구강 구조물 이상의 기능을 수행하기도 하는 임플란트 치료 기술이 개발되었고 상용화되었다. 그러다 보니 위의 증례처럼 수입을 극대화하기 위한 상업적인 의료도 성행하고 있다.

성공적인 임플란트 치료를 위해 가장 중요하게 고려해야 할 점은 무엇일까? 여러 의견이 있지만, 기본적으로는 정밀한 사전 검사를 기본으로 구강 건강의 약점을 철저히 보완할 수 있어야 한다.

치료진은 먼저 인공 치아로 대체해야 할 치아와 계속해서 사용할 수 있는 치아, 소위 살릴 수 있는 치아를 명확하게 구분할 수 있는 능력을 갖추어야 한다. 치아와 잇몸뼈의 상태를 정확히 진단 할 수 있어야 신체적, 금전적으로 합리적이고 안전한 진단을 할 수 있기 때문이다.

이러한 진단을 바탕으로 구강 구조의 특성을 충분히 고려해 인체 친화적인 재료를 사용하고, 역학을 고려한 보철물의 제작과 스크류의 식립 깊이 및 각도, 치조골 뼈이식의 필요성 등을 계산해 치료계획을 세워야 한다.

그 후 필요한 것은 정해진 계획대로 시술할 수 있는 술자의 임상능력이다. 일련의 수술 과정들을 거쳐 임플란트 고정체가 치조골과 강하게 결합된 후 상부 보철물이 체결되면 치아 본연의 기능을 수행하는 임플란트 치료가 완료된 것이고, 그 후에는 정기적인 치주체크 및 필요한 잇몸시술을 통해 유지 관리를 받으면 되는 것이다.

그러나 많은 환자들이 임플란트 치료 비용을 최우선적으로 선택을 하는데, 심지어 치과의사가 아닌 의료진의 치료계획을 따르는 경우도 있다고 한다. 이런 경우 치료 후, 아니 시술 초기 단계에서부터 불편함과 부작용을 호소하는 사례도 있다. 비용은 어디까지나 2차적인 문제이다. 단순히 이벤트성 특가에 자기 몸의 운명을 거는 것만큼 안타까운 일이 없다. 보철물 간의 교합이 고려되지 않거나 연약한 구강 상태가 견딜 수 있는 이상으로 무리하게 임플란트 치료를 진행하는 경우에는 더 큰 문제로 이어질 수 있으니 말이다.

임플란트는 구강 건강 상태에 따른 진단 후 치료계획을 세우고, 그 계획대로 치료를 진행하는 것이 가장 중요하다. 환자분들이 치과의사와의 정확한 상담을 통해 임플란트 시술을 받고, 정기적이고 계속적인 관리를 통해 오랫동안 사용하면 좋겠다.

# 삶을 담은 편지의 무게

장미경(서울·김치과 원장)

현실의 풍랑에 내맡겨진 오늘 모습을 되돌아보게 만들어
직업 자체가 가지는 특성이 우리에게 부족감 느끼게 해

어느 때부터였는지 정확히는 모르겠지만 학교 은사님이시던 교수님께서 손수 쓰신 글과 손수 그린 그림으로 연하장을 매년 보내오셨다.

글씨(글씨체에 자유분방함, 호탕함, 그리고 위트가 섞여 있다)도 그림(채색 동양화를 별로 안 좋아하는 내게도, 아~ 산뜻하다, 아~ 담백하다 싶은 느낌이 나게 하는 수묵화로, 바탕의 재질에 어우러지는 번짐과 살짝 살짝 들어간 강렬한 원색의 당당함과 그리고 무엇보다도 필자가 가장 중요시하는 과하지도 넘치지도 않는 딱 그만큼의 여백의 미를 갖춘 그림들인데, 글씨가 그림처럼 자연스럽게 녹아들어 있다)도 워낙 수준급이셔서 그저 입 아~ 벌리고 내가 이런 걸 받아도 되는 사람인가? 영광스럽기 그지없었던 바로 그 작품들을 매년 받아오고 있었다.

예전, 학생과 수련 시기를 거칠 때, 그야말로 그림자도 밟을 수 없었던? 하늘같은 교수님이라 감히 답을 할 생각도 못하고, 그저 감사히 교수님의 따스함을 받아오고 있었는데, 오늘은 그냥 있자니 정말 죄스럽다.

오늘 도착한 편지 속 내용은, '정리를 하다보니 이건 돌려주는 게 좋겠다 싶어 레포트로 낸 것을 본 주인에게 돌 준다.'며 필자의 레포트가 동봉되어 있었다. 내용을 읽어보니 내가 이런 걸 썼었나 싶다, 그렇지만 대충의 강의 내용이 그려지기도 한다. 그 강의 내용과 근래의 교수님의 일련의 연하장 소식이 일맥상통해 있는 것 같다.

내용상 아마도 2000년에 쓰여진 레포트였을 것 같은데, 지천명의 나이를 넘고 임상을 한지 27년째인 오늘의 고민과 크게 다르지는 않다는게 웃기면서 또 씁쓸하다. 수십년 학교에 계시면서 만났을 수많은 학생들의 레포트를 일일이 보관하고 계셨다니 그 큰마음에 절로 고개가 숙여진다. 거기에 그걸 돌려주실 생각을 하셨다니 감개무량하다.

영원히 끝나지 않을 것 같은 치열한 진료 현장의 압박과, 자식 키우기에 무서워지고, 감동이라는 것이 점점 엷어진, 무뎌질 대로 무뎌진 중년의 아줌마 치과의사에게 살짝 눈시울 적셔지게 감동을 주신 분은 바로 최 상 묵 교수님이시다. 감히 내가 이런 큰 어른의 제자였다니 감사할 따름이다.

오늘 다시 한번 19년 전의 어느 때를, 현실의 풍랑에 내맡겨진 오늘의 나의 모습을, 되돌아보게 해주신 교수님께 이 자리를 빌어 감사의 마음을 담아 보냅니다. 그 큰 사랑 잊지 않고 저도 후배들에게 베푸는 어른으로 성장해가도록 채찍질하겠습니다. 교수님 건강하십시오.

보잘 것 없는 저의 레포트를 교수님께 헌사의 마음으로 실어 봅니다.

최상묵 교수님 세미나를 경청하고 나서….

6년간의 치과대학 교육과, 3년간의 수련과정, 그리고 종합병원에서 전임의로 2년, 과장으로 2년, 또 개인 클리닉에서 1년간의 교육과 자기단련과 경험 쌓기를 거쳐 약간은 자신만만하게 개원을 한지 이제 1년이 지나갑니다.

그 어느 누구 못지않게 공부했고 경험도 쌓았다고 자부하지만, 개원이라는 세계가 다른 세상이라 그런지, 하루하루가 새로운 경험의 연속이고 환자 한사람 한사람이 다른 자극으로 다가옵니다. 그래서 새롭고, 때론 당혹감을 느끼기도 합니다.

치과대학 교육의 부재도 문제일 수 있겠지만, 우리 직업 자체가 가지는 특성이 또한 계속 우리에게 부족감을 느끼게 하고, 전공 공부와 기타 사회공부를 하게 하지 않나 하는 생각을 해봅니다.

그 어느 누구도 같을 수 없는 자기만의 개성을 가지고, 다른 환경 속에서 살아왔고 살고 있으며 앞으로 살아가야 할 방향도 전혀 알 수 없는 사람을 대상으로 하는 직업이며, 그것이 단순히 상품을 파는 것이 아니라, 치료라는 지극히 전문적인 성격을 띠는…

생각해보면 참으로 골치 아프고 정답도 없고 그래서 더욱 재미가 있는 직업이 아닌가 생각합니다.

이 강의를 통해 가장 많이 생각해 본 부분은, 우리가 다루는 대상이 감정을 지닌 사람이라는 것과 그 사람들과 같은 하늘아래 더불어 우리가 살고 있다는 사실이었습니다.

이전에는 치과의사의 사회진출을 부정적으로 보는 시선이 많았던 것 같고,현재에도 적지 않은 문제를 야기하기도 하는 듯합니다.

단순히 치과의학 정보의 전달자 수준에서 벗어나, 정치적으로 상업적으로 문화적으로 활동하고 있는 치과의사의 수가 날이 갈수록 늘어가고 있고 다른 의학분야에 비해서도 월등히 많은 듯합니다.

하지만 이들에 대한 비판이 더 많은 이유는 이들이 공익을 앞세우기 보다는 개인적인 야망과 영욕을 목적으로 치과의사라는 간판을 내세우기 때문이 아닐까 생각합니다.

공익을 먼저 생각한다는 것, 남을 배려한다는 것, 올바르게 산다는 것에 대한 기준을 세우기가 어렵고, 그 어느 것도 절대적으로 바른 것과 절대적으로 그른 것이 없다고 생각될 때면 가치관의 혼란으로 자신감을 잃게 될 때도 많습니다.

이 강의를 통해 치과의사로서 바른 가치관을 갖도록 하는 것에 대한 것, 그리고 즐겁게 치과의사로서 생활하는 것에 대해 돌이켜

보는 기회가 된 것 같습니다.

학부 시절과 수련 시절에는 느끼지 못했던 교수님의 인간적인 모습에 사제지간을 넘어 대 선배님을 편안히 만나 뵙는 영광을 가진 것 같습니다.

늙기 연습이란 말이 계속 맴돕니다. 현재의 고민과 갈등 후에 나도 언젠가는 크게 후회 없는 치과의사로서의 한 평생을 되짚어보며 늙기 연습에 들어가야 할 텐데,고민과 갈등만으로 끝나지 않을까 걱정입니다.

서로 대면하고 고민을 털어놓을 기회가 없어서 그렇지 대부분의 동료들이 자신의 현재와 미래의 위상에 대해 고민하고 있으리라 생각됩니다.

조금 더 마음의 문을 열고, 그리고 여유를 가지고, 사회를 보고, 그 속에서 자신의 위치를 바로 갖도록 고민하고, 또 동료와 그 고민을 나누어 갖도록 하고, 타 분야의 사람들과도 끊임없는 유대관계를 통해, 소외를 해소하고 더불어 사는 방법을 배워나가야 하리라 생각됩니다.

# 응급실 생생후기

정규범(서울·서울덴치과 원장)

"완벽한 진료계획 원하는 환자 예상과 다른 경우 많아"
"응급상황에 평소 안하는 셀프진단 처방으로 위기 모면"

야간진료로 예약한 마지막 환자분이 오시고 너무 놀란 것 같아서, 그리고 의사로서 동시에 환자로서 느끼는 감정들을 정리할 겸 응급실 후기를 공개합니다.

의사는 원래 스트레스를 많이 받는 직업입니다. 치과의사도 물론 그렇구요. 더구나 필자처럼, 서울덴치과처럼 컨셉을 잡은 치과라면 더합니다.

환자가 예민할 수밖에 없는 앞니치료, 다른 곳에서 실패한 신경치료의 재치료, 뽑는게 낫지 않나 싶은 치아 다시 써보기, 그냥 브릿지하거나 틀니하는게 나을 것 같은 부위 억지로 뼈만들고 잇몸 만들어서 임플란트 심기, 남들이랑 다른 치료 많이 해보고, 그만큼 힘드니까 가격을 비싸게 받고, 그러니까 환자들이 더 예민하게 - 큰 돈 들였으니까 그만큼 완벽하게- 반응하고… 등등 스트레스를 줄만한 요인 투성이입니다,

2019년 8월 14일로 예약한 환자들 외에도 예약없이 당일 전화/전화없이 방문한 환자가 많은 날이었습니다. 야간진료 전에만 30여명의 환자를 헉헉대면서 치료하고…

사실 이날 PC고장/배관누수 등등 문제가 있어서 의사 겸 자영업자인 정 원장이 모든 일들을 다 처리하면서 환자를 보고 있었고, 멀리서온 환자분들은 특히 한번에 완전한, 틀림없는 "정말 빼야하나요? 이 치료하다가 뺄 가능성은 몇 프로?"

완벽한 진료계획을 원하지만 이런저런 치료하면서 계속 지켜봐도 계획이 달라지고 예상과 다르게 되는 경우도 많은데 한번에 스윽 보고 5분 이내에 결론 내리는 것은 힘듭니다. 일단 환자 대기시간 때문에 5~10분 내에 잠정 결론을 내리고, 그걸 말하고 나면 다시 환자는 재확인을 요구하고, 점심도 제대로 못먹고 앞니환자들은 임시치아의 디자인을 기공소와 상의하고, 다시 환자에게 전달하고, "왜 내 임시치아는 블로그에서 봤던 것과 달리 구린가요?"에 대답해주고(치아삭제 후 본뜬 임시치아와, 치아삭제 전 임의 삭제하고 만드는 임시치아는 퀄리티가 다릅니다), 저녁 진료시간 6시에 끝나고 밥 먹을 시간도 없어서 분식집에서 만두 사오라 하고(직원들 것도 같이 샀는데 직원들도 지쳐서 별로 먹고 싶지 않다 했습니다. 그만큼 힘든 날), 만두 먹고 다시 PC에서 치료 끝난 환자 카카오톡으로 사진 보내주고(제가 원하면 사진 보내줄테니 연락하라고 했습니다), 엄청 바쁩니다.

금연 수차례 시도했지만 계속 실패한 정 원장.

전자담배/아이코스를 한 모금 깊숙이 빨고 다음 환자를 기다립니다(스트레스 해소를 건전한 운동으로 해결?) - 집에 가면 다시 또 육아/설거지/청소를 해야 하고, 정작 저는 운동 끝나면 다시 담배 핍니다 -_-).

평소처럼 그냥 그렇게 하는데 갑자기 왼쪽 가슴아래를 꾸욱 누르는 느낌. 약간의 통증? 이거 설마? 얼마 전에 친한 원장님이 이걸로 가셨는데….

어? 친구 중에 심장내과 전문의 대학교수도 있는데, 수시로 물어보는데, 얼마 전에 이 친구도 치료하면서 이것저것 물어봤는데…. 그런데 이 위치는 심장위치가 맞긴 한데, 아니겠지….

다행히 오전 오후의 미칠듯한 환자러시가 끝나고 저녁환자는 예약환자 몇 분이 취소. 아, 다행이다. 가슴은 괜찮나. 증상이 좀 계속되네. 메디컬 빌딩이지만, 오늘은 야간진료, 나말고 다른 의사선생님들은 다 퇴근하셨으니, 지인들에게 물어보다가 답변이 바로 오지는 않아서, 머리속을 스치는 제일 걱정되는 상황이다.

acute myocardial infarction. 급성심근경색 heart attack

혹시 모르니까, 내가 아는 유일한 응급상황 약, 니트로글리세린 설하정, 이러면 안되지만, 필자도 평소에 절대 하지 않는 셀프진단 처방(내 영역인 치과도 평소에는 자가진단 안하고 친구 치과의사에게 진단받음), 약국에서 후딱 받아오고 일단 혀 밑에 1정 넣음. 녹아들어갈 때 혀가 쩌릿한 느낌이 이거구나. 당연한 이야기지만 유통기한은 많이 남았나보네. 약 5분 기다렸는데 왼쪽 가슴 누르는듯한 증상은 여전함. 5분 간격으로 3알까지 먹는다 하니 한 알 더 먹어볼까, 하고 혀 밑에 넣고 기다림. 약 1분 뒤?

순간, 심박수가 미친듯이 올라가고 식은땀이 나면서 몸이 급속히 차가워지는게 느껴짐. 지금 생각하니 이게 왜 이런 증상이 생겼는지 알겠지만, 괜찮아지려나? 고민하면서 왔다갔다, 아직 지각한 예약환자 한명 남은 상황이다.

약먹는거 봤을 때만해도 실장과 직원이 농담으로 "원장님, 애도 어린데 병원 오래하셔야죠."라고 했는데….

2~3분 있다가 판단 내림. "병원 문닫고 119 부르세요." 119에 전화했더니, 증상을 물어봄. 필자가 대답함. "아, 기왕력은…, LDL수치 높고, sleep apnea, obesity, 지금 증상은 심장 쪽 문제구요." "환자분 지금 의식은 있나요?" "전화하는 제가 환자입니다. 치과의사이기도 하구요." "아, 지금 가는 중입니다."

휴대폰하고 신용카드만 챙기고 기다리는데 마지막 환자분 오심. "죄송하지만 제가 지금 아파서 119가야합니다. 죄송합니다."라고 말씀드리니 환자분 당황하심. 실장이 다음 주에 예약잡고….

필자가 119 구급차를 탔더니 바로 EKG부터 찍습니다. 병원 가는동안 arrest는 안올거야, 설마…. 은평구 서울덴치과에서 가장 가까운 3차 병원, 은평성모병원으로 앰뷸런스 타고 감.

뭐, 그래도 AED 심장제세동기도 있고 급하면 CPR도 받을 수 있으니까 좀 안심. 응급실 도착. 아, 옷 갈아입을 시간도 없어서 서울덴치과에서 근무하는 수술복 그대로 입고 감.

그거 아십니까? 원래 응급실은 보호자없이 본인이 걸어 들어가서 접수하면 최후순위로 밀립니다. 당연합니다. 그게 무슨 응급이야….

"13시간 26분 걸립니다." 여기가 응급실 맞습니까. 文케어 뒤 빅5병원 응급환자 급증. 10일 오후 2시쯤 환자들로 붐비는 서울성모병원 응급실 앞 전광판에 "접수부터 응급 진료 종료까지 평균 13시간 26분" "입원까지 기다리는 시간 20시간 25분"이라는 숫자가 떴다.

특히 금요일, 주말. 이런 때에 놀기 좋은 신촌/홍대에 가까운 세브란스병원 응급실 이런데 가면, 술먹고 다친, 술먹고 위경련 난 사람들이 많고 그런 사람들은 바닥에 깔려있음. 이런 분들은 사실 응급이 아님, 그냥 외래로 오면 되는데 외래시간이 끝나서 응급실 실려 왔을 뿐이다.

다만 이렇게 멀쩡하게, 건장? 튼튼?해 보이는 몸으로, 나이도 40대 밖에 안된 남자들이 와도 이 한 마디면 바로 모든 의사들의 관심을 받게 되는게 있다. 그건, Chest pain(흉통). 이거 설마 응급실에서 악용하지 마시고, 그러면 안됩니다. 만약 악용하시면 지옥가실거에요. 진짜 -_-.

흉통이 중요한 이유는 스트레스 좀 많이 받는 일이에요, 담배 좀 많이 피워요, 하루 한 갑? 이런 40대 아저씨. 아까 가슴이 아파서 왔는데 지금은 괜찮네요. 했다가 심전도, EKG검사했을 때도 긴가민가, 좀 이상한거 같기도 한데, 괜찮은데? 했던 환자가 5분뒤, ARREST! CPR!! 하면서 보면 환자 얼굴이 회색으로 되고 바로 저승으로 넘어가는 것도 볼 수 있기 때문입니다(저렇게 증상이 온 상태에서 EKG찍으면 물론 AMI로 진단나옵니다).

그래서 흉통으로 온 환자는, 일단 환자가 왔으면 괜찮아졌다고 해도 바로 보내지 않고 EKG 계속 찍어보고 안정된거 맞나 확인하고, 일단 왔으면 무조건 혈관LINE부터 잡고(주사 아픔 ㅠㅠ) 하는 이유가 언제 요단강 앞뒤로 왔다갔다 할지 몰라서, 불행히도 이럴 때 한국 아저씨 진상들은 대부분, 아파서 온건 맞는데 안아파졌는데 왜 붙잡아둬? 뭔노무 검사는 이리 많이 하고? 허걱, 한게 뭐있다고 이렇게 비싸? 보험되는거 맞아? 응급실은 원래 기본 10만원 넘습니다. 그리고 이거 다른 나라라면 수백만원-수억원 나와요. 저런 항의를 못이겨서 "니들 책임없는거 맞음."이라고 싸인하고 가도, 나가다가 심정지 오고, 그래서 문제 생기면 항의하고, 니들책임이라하고, '환자분 분명 다 말씀드리고 동의하셨잖아요.'라고 해도, 의사가 그러면 쓰나 환자가 잘 모른다고 죽을걸 알면서 그냥 보내? 라고 하는게 일상 다반사라(의료드라마에서도 많이 보죠? 의사/의대 지망하는 학생/학부모님들, 이게 현실입니다).

일단 치과의사인거 밝히고, medical history 기왕력 밝히고, 라인잡고(제가 비만이라 혈관이 잘 안보여서 3번만에 잡음. 아파잉 ㅠㅠ). 계속 EKG찍고 조금 안정되어서 주변을 살펴봄.

옆자리 할머니 그냥 느릿느릿 "내가 된장국을 좋아해서 먹었는데…." 이야기하다가 RN 간호사양반이 "어머님, 잠들지 말고 말씀 계속 하세요, 어머님?" "……" "CPR!" 아, 젠장 좀전까지 아이처럼 먹고싶은거 다 먹고싶다는 할머니였는데-_-. CPR 후 다시 의식 회복. "나 좀 전에 죽었었어?" "그거, 아시네요? 네, 큰일날뻔하셨어요." 그런데 이 건은 환자 보호자가 환자필요용품 사러 잠시 나간 10분 정도 안에 벌어진거라는거, 그 사실을 보호자(남편분)는 알지도 못하는 듯…, 일주일간 대변을 못봄, 식단 제한을 지키지 않았음, 이야기 들어보니 hyperkalemia 같은데, 싶었는데 옆자리 커튼이 "샥" 처지더니 바로 구수한 응가냄새 -_-.

관장이 안되어서 일단 응가를 손으로 파내고(액팅하는 RN, MD 분들 정말 고생하십니다 ㅠㅠ),

칼륨농도 낮추기 위해 항문으로 뭔가 넣는 것도 같은데? 여하튼 그러고 있는데(저도 응가냄새 참느라 힘들었음 OTL).

그 와중에 다른 곳에 있던 SUICIDE 실패 환자. 뭘 먹어서 시도했는지 모르겠는데, 상태로 봐서는 심한 독극물은 아닌듯했음. 다만 "이거 왜 드셨어요?"라는 말에 "뒤질라고, 나 왜 살려놨냐?" 죽어가면서까지 반말입니까 님아. 이런 응급실 진상은 더하구나-_-

말기 암 환자들 오면 보호자들 서있는 위치와 행동만 봐도 관계가 정확히 파악된다더니(뒷짐지고 서있는 남자= 사위, 간호하고 있으면 대부분 딸, 뒤늦게 나타나서 아버님 살려내라며 의사 멱살잡는 시늉하면, 뒤늦게 이 분에게 재산이 남았다는 것을 알게된 사위=딸의 배우자가 아닌 배후자, 재산분배 배후자)

그러다 아까 물건 사러갔던 환자 보호자(할아버지, 남편분인 듯) 오셨는데 보호자가 해야 할일이 있는데, “아버님, 어머님 기저귀 채워주세요.” “그걸 내가 왜 해? 당신들이 해.” “네?” -_- “이건 아버님이 하셔야 해요.” “의사가 해야지.” “이건 저희가 하는 일이 아니에요, 여기 장갑끼고 하세요.” “난 못해, 해 본적 없어.” “이건 의사 간호사도 배운 일도 하는 일도 아니에요. 보호자가 하셔야 해요” “못해, 난 그런거 못해 내가 왜 해.” “아, 아버님, 어머님 언제 가실지 모르는데 그걸 하시는게 그렇게 싫으신가요. 왜 그렇게 진상짓을.”

다행히 조금뒤 아버님 러버글러브 끼고 오심, 어머님은 계속 “나 오늘 집에 못가?” 하시는데, 집에 가실 수 있을리가, 상태보니 입원실로 올라가기도 힘들어보이는데, 내가 보는동안 이 어머님 CPR 두 번, 나 안보이는데서 다른 환자 CPR 두 번, 나 EKG follow up 하고 chest X-Ray 찍고 하는 두 시간 남짓동안 응급실 훑어봄. 나도 다른 치과에 비해 진상환자 많지만, 그래도 응급실보다는  좀 낫구나. 내 병원에 진상 출현비율이 높은건  뭐, 제일 큰게 내 치과가 치료비가 비싸서, 서울덴치과 비보험 치료비 공개, 세라믹온레이 치료비용 임플란트 가격, 골이식비 지르코니아 크라운 가격, 서울덴치과 정규범원장입니다. 그동안 비밀(…)로 해왔던 비급여 치료비 어차피 서울덴치과 치료비는….

내가 동네 유일한 치과라면 사회적 필요성 때문에 적절진료 적절가격, 이런걸 따질 수 있겠지만 치과 옆에 치과 그 옆에 치과 또 치과 치과마을 대한민국 치과동네 구산역에서 치과를 하면서 바로 옆 치과만 가도 나보다 확실히 싸고, 나보다 훨씬 친절하고, 나는 그보다는 치료 퀄리티를 중요시해서, 고퀄리티, 고가병원으로 역할수행하려고 진행하는건데…

나한테 컴플레인 하는건 어쩌면, 여기서 치료는 받고 싶은데 비용감당이 안되는 분들의 불평,, 정도로, 그냥 나도 예민하게 반응하지 말고 넘어가야겠다.

그리고, 힘들지만 그래도 친절하게 해야겠다. 은평 성모병원은 그래도 응급실 치고서는 많이 친절했음, A대학병원보다 훨씬 친절. 돌 막된 아들을 응급실에 데려갔는데 A대학병원 응급실은 문제가 많았음, 너무 당연한 이야기지만, 진짜 응급상황 아니면 응급실 안 가는게 나을 수도 있음. 대개 경험이 부족한 수련의, 전공의 밖에 없고, 교수/펠로는 볼 수 없고(대학병원으로 치료 의뢰, 리퍼드릴 때 비싸다고 교수특진 안받는 분들은 정말 이해가 안됨. 그럴거면 뭐하러 대학병원에). A대학병원 응급실을 이야기하는 이유는 남자

RN이 과도하게 불친절해서였다, 안과 전공의가(PS는 응급실에 없음 ㅠㅠ) laceration suture하는데, sedation 시키는데, 미다졸람으로 애가 sedation은 안되고, 더 투여하려니 체중대비 위험하고, 결국 졸리게만 한상태서 아픈 상태에서 생살(…)을 꼬맸는데, 내가 suture해도 이것보다는 훨씬 잘한다. 아오 진짜 애기한테 잡기 쉽다고 skin에 silk쓰냐. 안과 전공의가 skin에 4.0 silk로 suture해서 흉진 것까지는 그래도 이해 되는데, 새벽에 미다졸람까지 투여한 애한테 집에 가는데 일자로 똑바로 못걷는다고, 돌 갓지난 아이한테 똑바로 못걸으니 집에 못간다고, 계속 지랄거렸던 2019년 A대학병원 4.25 night근무에 있던 남자 RN은? 이런 사람 의료인으로는 문제있다고 생각합니다. MD들은 착했음. 그에 비하면, 은평성모분들은 훨씬 순했는데 이유는 은평뉴타운 쪽의 성모병원이 개원한지 얼마 안되어서 상대적으로 덜 찌들어서 그런거 아닐까요. 얼마 지나지 않아 A대학병원처럼 되겠죠. 어쩔 수 없는 일이구요. 그게.

근데 이게 이런 응급상황을 계속 겪다보면 그게 무뎌지고, 무뎌지지 않으면, 사람의 정신으로는 버틸 수가 없고 응급실에 환자로 온 사람들은 객관적으로는 어떨지 몰라도 주관적으로는 응급상황이라 판단해서 온거고, 의료진은 객관적으로 응급상황 아닌 것 같으면 대응이 느리거나 소홀할 수밖에 없고 그러다보면 환자는 왜 빨리 안봐주냐 대충봐주냐고 짜증이 나고, 그런짜증을 받아내다보면 의료진도 그런 짜증을 "아, 네네네."하면서 무섭게 화를 냈다가도 환자가 퇴원/귀가할 때는 "언제든 또 오세요."라고 인사하는 소름끼칠만한 두 얼굴을 보여주면서 살게되고, 우리나라 의료체계가 막상 응급일수록 적자인데. 죽어가는 환자에게 세금, 돈쓰는거 싫어하고 무조건 깎아대고 보는 보건복지부 심사평가원 정책 때문에(환자들은 우리나라 보험 최고인줄알지만 사실 최악입니다. 말기암 환자한테는 보험도 안해주고 비보험도 아깝다고 안해주는, 재정 줄이는 것만이 그들의 목표)

돈 많이 벌지도 않는 응급의료 종사자들에게 지금 이상의 것을 요구할 수도 없습니다.

그리고 그런 남의 이야기보다 환자가 적을 때는 그래도 설명 좀 잘 해드리려 하는데, 너무 환자가 많이와서, 예약없이 온 환자들로 밀려서 정신없으면 환자의 질문에 "네네네네, 무슨 말하는지 알아요. 안빼면 안되냐는거죠? 뭐 빼는거야 내가 억지로 빼는거 아니니까 환자 몸이니까 안빼는건 환자분 선택인데 뒷일은 책임 못져요. 네? 어떻게 되느냐구요? 허허허, 옆 치아도 나중에 한꺼번에 다 빼는거죠. 싹 다. 거기서 안끝나고 응급실가야 하는 경우도 있고 사망도 할 수 있고, 이빨 따위로 사람이 죽느냐구요? 그게 안믿기신다구요? 블로그 한번 보세요 다 써놨어요. 저는 바빠서 이만."

자연치아살리기? 아니 목숨살리기 치성농양, 잇몸고름 목숨을 위협할 수도 있는 치과질환,은평구 치과의 잇몸 고름 빼기, 치주농양,

치근단농양, abscess, periodontal abscess, periapical abcess, cyst, periapical cyst, periodon…. 이러고 다니지는 않는지 반성도 해봅니다.

문제는 반성했다가도 다시 환자 숫자가 너무 늘어나고, 치료가 잘 안되거나, 환자분 컴플레인으로 힘들어지면 스트레스로 다시 불친절모드로 바뀌거나 그게 아니라 억지로 꾸역꾸역 환자도 많지만 친절친절하게 하다보니 응급실에 실려간, 아침에 일어나서 "살아있어서 다행이다."라고 생각한 서울덴치과 정규범원장의 "응급실 생생후기"였습니다.

# 미니멀리스트로서의 삶

정유란(파주·모두애치과 원장)

무의미한 삶의 선택지 버리고 사랑하는 몇 가지에 집중
고민거리 많은 치과 원장들에게 미니멀리스트 삶을 추천

요즈음 '미니멀리즘'이 유행이다. 예술사조로서의 '미니멀리즘'이 아니라, 생활양식으로서의 '미니멀리즘' 말이다. 이는 복잡하고 정신없는 현대인의 삶에서 벗어나, 불필요한 소유를 하지 않고 온전히 자신의 삶과 관심사에 집중하고자 하는 삶의 양식이다. 번역을 하자면, '최소생활주의', '최소주의 삶' 정도가 되겠다. 일본의 어느 미니멀리스트는 똑같은 옷만 세 벌 구입하여 매일 똑같은 코디로 살아간다고 한다. 그는 아침마다 '오늘은 무슨 옷을 입을까?'라는 고민에서 해방되어 행복하다고 했다. 몇 벌 안 되는 옷이기에 오히려 더 깨끗하게 관리할 수 있고, 주변 사람들에게도 '개성적'이라는 인상을 줄 수 있다고 했다. 그는 이와 같은 방법으로 무의미한 삶의 선택지를 과감히 버리고 자신의 사랑하는 몇 가지에 집중하며 살아가고 있다. 나는 물론 그와 같은 극단적인(?) 형태의 미니멀리스트는 아니다. 하지만 내가 살고 있는 집에는 적어도- 내가 모르는 물건은 없다. 물건들에게 휘둘리지 않는다. 이것이 바로 내가 내 자신을 '초보 미니멀리스트' 라고 생각하는 이유이기도 하다.

'내가 필요로 할 때 적절히 꺼내 쓸 수가 없다면, 그것이 '물건'이든 '지식'이든 없는 게 낫다'-는 사실을 몇 년 전에 문득 깨닫게 되었다. '분명히 있었는데 어디에 뒀더라? 돈 아깝게 새로 살 수는 없고…', '아 그게 뭐였지? 분명히 알았는데, 또 찾아봐야 하나.' 어차피, '없는 것', '모르는 것'과 동일한 결과인데 그저 번뇌와 고민만 생기게 할 뿐 이었다. 물건을 적절한 타이밍에 적절히 꺼내 쓰려면, 어디에 있는지 정확히 알아야 한다. 하지만 많은 물건들의 위치를 다 외울 수는 없으니 결국 물건의 수를 줄이게 되었다. 예전에는 서랍을 열면, 몇 개의 작은 상자가 들어 있고, 또 그 상자를 열면 작은 케이스 안에 볼펜이나 가위 같은 물건들이 뒤섞여 있었다. 마치 러시아 인형 마트료쉬카처럼, 서랍 속에 상자, 상자 안에 조그만 상자…. 이해가 안 되어도 무조건 외우기부터 했던 학창 시절의 나처럼, 그저 눈 앞의 혼란을 타계하기 위해 수납의 기술을 익히느라 바빴던 것이었다. 하지만 그렇게 무조건 외우기만 한 지식이 그다지 실생활에서 쓸모 있지 않았던 것처럼- 일단 수납함으로 들어간 물건은 좀처럼 제 기능을 하기가 어려웠다. 아무리 '분류'해도 마찬가지였다. 그래서 물건의 수를 줄였다. 지금은 서랍을 열면, 가위 한 자루와 볼펜 몇 자루가 덩그라니 놓여 있는 모습이 한 눈에 들어온다. 더 이상 물건에 대해 고민하지 않게 되었다. 물론 불편할 때도 있다. 감자도 그냥 부엌칼로 조심해서 깎아야 하고, 계란 거품을 내기 위해서는 숟가락으로 아주 열심히 휘저어야 한다. 하지만 그런 불편함은 잠깐이다. 거품기 사이에 끼어 있는 찌꺼기를 깨끗이 세척해야 한다는 압박감과 언제든 다시 찾을 수 있는 곳에 보관해야 한다는 부담감이- 지금의 내게는 더 불편하다.

내가 무슨 물건을 얼마나 가지고 있는지 확실하게 알게 되면서, 나에게 진정으로 필요한 물건이 무엇인지도 알게 되었다. 더불어 내가 원하는 것이 무엇인지도. 겉치레와 형식을 벗어나 좀 더 본질적인 면을 추구하게 된 것이다. 그리고 나에게 불필요한 것들을 거절하기 시작했다. 또한 나에게 절실하지 않은 것들을 기꺼운 마음으로 다른 사람들과 나눌 수 있게 되었다. 언젠가는 필요할지도 모른다며 움켜쥐고 있던 것들을 자의로 내려놓게 된 것이다. 그냥 어쩌다보니 주변에 두게 된 물건들에 파묻혀 살아가는 것 보다는, 적은 물건의 완벽하고 능동적인 주인이 되어 보는 삶도 괜찮은 것 같다. 특히나 그렇잖아도 고민거리가 많은 치과 원장들에게 미니멀리스트로서의 삶을 추천하고 싶다. 나는 여기서 조금 더 비워내서- 넘쳐나는 정보들, 사람들과의 관계, 쏟아지는 일거리들…. 골칫거리로부터 벗어나, 비움으로써 영혼을 채울 수 있다던 법정 스님의 말씀처럼 나 자신의 진정한 욕구를 느껴 보고 싶다.

# 디지털 디톡스(Digital Detox)

조서진(서진치과 원장)

단절 통해 디지털 기기 중독으로부터 치유 얻어야
Digital Detox 방법 실천해서 자유로운 영혼 살자

최근 스마트폰(Smart phone)은 모든 사람들에게 없어서는 안 되는 필수품으로 자리 잡게 되었다. 스마트폰은 말 그대로 '똑똑한 휴대폰'으로 컴퓨터 작업을 휴대폰에서 할 수 있도록 개발된 기기이다. 우리나라에서의 스마트폰 시작은 삼성과 애플의 스마트폰이 보급된 2009년말이며 본격적인 대중화는 보급대수가 500만대를 넘긴 2010년말이니, 스마트폰의 역사는 의외로 짧다고 할 수 있다. 그러나 현재 많은 사람들의 삶에 큰 영향을 끼치고 있다.

스마트폰은 부피가 작고 휴대성이 좋으며, 전화와 메시지 기능 이외에도 많은 컴퓨터의 유용한 기능을 수행할 수 있다. 인터넷 서핑을 통한 정보 수집, 지하철과 버스 등의 실시간 교통 정보 수집, 모바일 뱅킹을 통한 금융서비스, 온라인 쇼핑 등 다양한 기능이 있다. 그 외에도 요즘 화두가 되는 SNS(Social Networking Service) 서비스도 계속 발전하고 있다. 미국에서 시작한 페이스북, 트위터에 이어 토종 카카오스토리, 밴드 등도 인기를 끌고 있다. 이러한 작은 기기에서 얻을 수 있는 막강한 서비스로 인해 우리의 삶을 한층 업그레이드 할 수 있는 기회를 제공 받는다.

한국정보화진흥원의 '2016년 인터넷(스마트폰)과 의존 실태조사' 자료를 보면 만 3~69세의 스마트폰 중독 위험군이 17.8%이며, 연령별로 청소년(만10~19세)은 30.6%이고 유아동(만3~9세)는 17.9%이다. 스마트폰의 주 이용 용도는 카톡과 같은 메신저가 가장 많으며 다음으로는 게임, 웹서핑, SNS 등의 순으로 조사 되었다. 이 조사 결과에서 보면 스마트폰 중독은 성인뿐 아니라 미성년자들에게도 큰 문제로 대두되고 있다. 또한 부모-자녀간 상관관계를 보면 부모가 중독위험군인 경우에 자녀가 위험군에 속하는 비율이 높게 나와서, 부모의 스마트폰 중독이 자녀에게 악영향을 끼치는 것을 알 수 있다. 이와 같은 스마트폰 중독으로 생길 수 있는 문제로는 스마트폰으로 소통할 때는 편하지만 직접 만나면 불편한 '디지털 격리 증후군'과 SNS를 사용하면서 피로감이나 부담을 느끼는 '스트레스증후군'과 목이나 손에 저림 증상이 있는 '거북목/손목터널증후군' 등이 있다.

얼마 전에 사용하던 핸드폰이 고장 나서 먹통이 된 적이 있었다. 기본적으로 외우고 있는 전화번호가 거의 없다는 사실을 그제서야 깨닫게 되었다. 너무 스마트폰에 의지하다 보니 과거에는 쉽게 외웠던 전화번호들이 기억나지 않는 디지털 치매 현상이 나타난 것이다. 수시로 사람들과 카톡으로 대화를 했었는데 그것을 못하니 세상과 단절된 것과 같은 큰 공허감이 몰려 왔다. 그 외에도 온라인 쇼핑, 모바일 뱅킹 등 스마트폰으로 간단히 하던 작업들을 할 수 없으니 무기력해지고 절망감마저 들었다. 결국 하던 일을 모두 제쳐두고 스마트폰을 새로 구입하러 대리점에 방문해야 했다. 있을 때는 잘 몰랐는데 갑자기 없어지니 필자가 얼마나 스마트폰에 얽매여 살았는지 깨닫게 되었다.

요즘 이러한 문제들이 많은 사람들에게 만연해 있는 것 같다. 지하철을 타보면 대부분의 사람들이 머리를 숙이고 스마트폰만 보고 있다. 또한 보행 중에 스마트폰 사용으로 부상을 당하는 경우가 상당수 있어서 최근에 큰 문제가 되고 있다. 그래서 일부 뜻 있는 사람들이 Digital Detox에 관심을 가지기 시작했다. 보통 Detox는 단식 등으로 인체에 유해한 물질을 해독하는 것을 말한다. Digital Detox는 이와 비슷하게 스마트폰을 포함한 디지털 기기로부터의 단절을 통해 디지털 기기의 중독으로부터 치유를 얻는 것이다. Digital Detox의 실천방법은 매우 단순하다. 하루에 일정시간 스마트폰을 끄거나 주말 내내 끄는 방법 등이 있다. 이렇게 스마트폰으로 낭비되었던 시간을 독서, 일기 등 평소에 못하던 일을 하면서 보내던지, 조용히 명상을 하면서 시간을 보낼 수 있다. 이러한 Digital Detox로 인해서 마음의 평안과 여러 가지 스마트폰 중독에서의 자유함을 느낄 수 있을 것이다.

우리는 현재 디지털 혁명의 시대에 살고 있으며 과거에는 상상하지 못한 편리한 디지털 기기의 폭발적인 성장을 몸으로 체험하고 있다. 이러한 디지털 기기의 도움이 없다면 윤택한 삶을 누리기 힘들다. 특히 최근의 스마트폰은 우리의 삶의 질을 높일 수 있는 많은 기능을 제공한다. 그러나 우리가 이러한 기기에 얽매이게 되면 기기의 노예로서 살아가게 되는 것이다. 자신만의 Digital Detox 방법을 모색하고 실천해서, 자유로운 영혼으로 살아가면 어떨까 생각해 본다.

# 짬밥의 추억

조재오(경희치전원 외래교수·구강병리전문의)

쌀 생산량 적어 국가 정책으로 쌀보리 혼식 강제 시행

일식삼찬이 50~60년대와 비교해서 획기적인 발전 위안

사전에서는 '짬밥'을 '잔반(殘飯)에서 변한 말로, 군대에서 먹는 밥을 이르는 말'이라 풀이하고 있다. '잔반(殘飯)'은 한자 뜻 그대로 '먹고 남은 밥'이라는 뜻이다. 여기서 좀 더 확대돼 '먹고 남은 음식'을 뜻하기도 하는데, 요즘 식당에서 흔히 볼 수 있는 '잔반을 줄이자'는 표어 속의 '잔반'이 바로 그것이다.

한자어 '잔반'을 통해 '잔밥'이라는 단어가 만들어진다. 이는 한자 '飯(반)'을 고유어 '밥'으로 바꾼 것이다. '잔밥'은 된소리화해 '짠밥'이 된다. '짠밥'은 자음 동화해 '짬밥'이 되고, '짬밥'은 사잇소리가 들어가 [짬빱]으로 발음이 난다. '짬밥'도 1980년대 문헌에 보인다. 이로 미뤄보면 '잔반'과 같은 의미의 단어로 한동안 '잔밥, 짠밥, 짬밥'이 함께 쓰였음을 알 수 있다. 이 가운데 '짠밥'과 '짬밥'이 군대 사회로 들어가 '군대에서 먹는 밥'이라는 특수한 의미를 띠게 된다. '짠밥, 짬밥'이 '먹고 남은 밥(음식)'에서 '군대에서 먹는 밥'이라는 의미로 변한 것은, 한때 사병들이 먹는 밥이 먹다 남긴 밥과 같이 형편없었기 때문이 아닌가 한다. 이상은 충남대 국문과 조항범 교수의 의견이다.

40여 년 전 전 필자가 군대생활을 할 때의 '짬밥'의 밥 그릇 수는 군대 생활의 경력을 나타내는 은어로 쓰여졌다.

필자가 군 생활을 하던 1970년대 때만 해도 '일식삼찬'이라고 해서 밥, 국, 김치를 제외하고 세 가지 반찬이 제공되었고, 이는 기존 50~60년대에 비해서 군대 급식의 획기적인 발전을 한 것이라고 당시는 여겼었다. 사실 군 사병의 부식 가짓수나 열량은 삼군 공히 비슷하며, 사관학교나 장교 후보생의 경우 특식이라고 해서 매일 과일(사과)이나 빵이 한 개씩 제공되었었다. 빵도 사실 군대 빵공장에서 만들어진 것으로 군에 입대 전에는 입에 대지도 않았을 희한한(?) 맛이었다.

된장에 꽁치, 갈치를 넣은 된장국이 일주일에 한 번 제공되었고, 평일 식단인 된장국에는 두부나 콩나물이 들어가 있는 것이 단골 메뉴였었고 한 주일에 한 번 닭고기, 돼지고기, 소고기 국이 각각 제공되었었다. 된장에 비린내 나는 꽁치와 갈치를 넣은 국은 일반 가정에서는 먹는 일이 극히 드문데, 그 때까지 필자가 한 번도 경험해 보지 못한 맛이었다. 더구나 생선은 주걱으로 으깨어져서 모양조차 알아볼 수 없는 정도이었으니……. 닭고기나 돼지고기 소고기는 깍두기 정도의 크기로 썰어서 각자의 식판에 비슷하게 제공되었다. 맛이 문제이지 그래도 식단은 당시의 웬만한 가정보다 나았다.

원래 영외 거주를 원칙으로 하는 장교, 하사관에게는 부식비가 지급되므로 주간 근무 중에 영내 식당에서 식사가 제공되지 않는다. 그러나 근무 시간 중에 식사를 위한 병력의 영외 이동을 제한한다는 미명 아래 지휘관의 판단에 따라서 부식비를 일괄 징수(?)하고 그 돈으로 장교식당을 운영하였다. 그러나 점심 식사를 위한 장교식당의 참여는 자율이 아니라 지휘관의 명령에 따른 강제징수였었고, 장교식당의 운영을 위해서는 징수한 부식비로 부식 등의 식재료를 구입하는 것이 당연한 일이지만, 사병식당의 식단에서 장교식당을 운영할 부식의 상당량을 빼내어서 장교식당을 운영하고, 장교들에게서 징수한 부식비는 부대 운영비라는 미명 아래 지휘관의 사적 용도로 사용되는 것이 보통이었다. 그러니 사병식당의 식단은 장교식당의 운영을 위해서 부식이 갹출되니 그 내용물은 점점 더 나빠질 수밖에 없는 것이다.

필자는 치과대학 졸업 후 3년의 수련을 거쳐서 장교후보생으로 ○○사관학교에서 전반기 군사교육과 ○○군의학교에서 후반기 군의병과 교육을 받고 대위로 임관하였다.

후반기 병과교육을 받은 ○○군의 학교에서는 교육기간 중인 후보생들도 장교식당을 이용할 수 있었다.

원래 당시에는 쌀 생산량이 적어서 국가 정책으로 쌀보리 혼식을 정부 시책으로 장려하여 모든 교육기관은 물론 군대 급식에서도 혼식 정책을 시행하였고, 특히 군 내부의 모든 단체에서는 혼식을 솔선수범(?)하여 시행하고 있었다.

당시 후보생 식당에서는 일정 비율의 혼식에 관한 규정이 정해져 있었지만 정작 쌀은 찾기 힘든 시커먼 보리밥이 제공되었다. 그러나 바로 옆에 위치하는 장교식당에서는 윤기 나는 흰쌀밥에 매콤한 깍두기를 포함한 맛깔스런 반찬이 제공되었다. 물론 식비는 당일 현장에서 현찰 박치기(?)이었다. 처음 며칠은 후보생 식당이 붐볐으나 점점 인원이 줄고 비례해서 장교식당의 줄은 장사진(?)을 이루었다. 후보생 식당에서 쓰일 부식재료를 할애하여 장교식당을 운용하니 후보생 식당의 반찬은 갈수록 별 볼일이 없어져 갔다. 들리는 말로는 군의 후보생 교육 기간 동안에 1년치 군의학교 운영비(?)를 마련한다는 유언비어(?)가 흘러나왔다. 이러한 일들이, 군에서는 그리도 많아 조그마한 일이라도 사정기관의 간섭 없이 되는 일이 없을 정도로 엄정한(?) 군대에서, 추상같은 사정기관(?)의 묵인이 없으면 불가능한 처사임을 모르는 사람은 없을 것이다. 당시 필자는 장교로 임관하면 언제 또 후보생 식단 같은 냄새나는 짬밥을 먹어보겠느냐는 자조 섞인 생각 하에 굳건하게 교육기간 내내 공짜로 국가에서 하사하는(?) 후보생 용 짬밥으로 끼니를 해결했었다.

일요일 점심은 라면이 특식으로 제공되었었다. 계란을 푼, 팅팅 불어 터진 라면을 게걸스럽게 먹던 것이 기억에 남는다. 임관 후 최전방에 가보니 야심한 시간에 불침번(보초)을 서는 사병들을 위해서 야참으로 라면이 보급되고 있었다. 그러나 실제는 고참병들의 밤참거리가 될 뿐 실제 보초를 서는 사병들은 마음씨 좋은 고참을 만나야 겨우 먹다 남은 라면 국물이 돌아올 정도라고 한다. 오죽하면 사병들이 휴가로 집에 도착하자마자 라면을 BOX째 사다 놓고 라면에 맺힌 한(?)을 원 없이 풀고 귀대할 정도이니 정작 후방의 어머니들은 전방에서 고생했을 아들들을 생각하여 준비한 정성어린 별식을 마다하고 라면에 탐닉(?)하는 그 이유를 알지 못해서 의아해 한다고 한다.

요즈음은 병영에서도 보리 혼용 정책이 사라져서 사병식당에서도 윤기 흐르는 흰 쌀밥에 닭튀김, 햄버거, 우유, 유산균 음료, 등이 제공되고, 얼마 전 별볼일 없다며 코로나 사태로 인한 격리 사병의 식판이 언론 보도매체에 보도된 것을 보니 흰 쌀밥에 닭튀김 조각과 돼지고기 볶음도 들어 있을 정도이었는데도 정작 해당 사병들은 불만이 대단하다고 하니 필자의 군 생활 시절에 비해 금석지감이 있고 세월이 변했음을 실감하였다.

사실 그 당시에도 먹고 남은 '잔반(殘飯)'은 다양하게 이용되고 있었다. 필자가 대위 임관 후 처음으로 배치받은 서부전선 전방 ○○부대에는 부대원들만이 알고 있는 사단장 목장(?)이 있었다. 이 목장은 민간인의 출입이 엄격히 통제된 비무장지대 내에 위치하고 있었는데, 여기에서는 수많은 소, 돼지를 축산과 관련 학과를 다니던 사병들과 수의 장교들이 인건비 없이 무료(?)로 목장을 관리하고 있었다. 돼지사료로는 사병들이 먹다가 남긴 처치 곤란한 음식 쓰레기를 공짜로 유효 적절하게(?) 이용하고 있었다. 여기서 자란 돼지나 소는 사단 예하부대 회식이나 급식으로 충당하고 있었고 이 경비는 검열 없이 지휘관 주머니로 입금(?)되니 일반 장사병들은 알 길이 없었다. 사료값도 들지 않고 인건비, 판로 등에 대한 걱정이 없고 더구나 일반인의 출입이 통제된 지역에서 벌어진 일이니 언론 보도매체에서도 알 수 없고 문자 그대로 꿩 먹고 알 먹는 사단장 목장(정식 명칭은 부대 구호를 딴 ○○목장)이었다. 필자가 군대생활을 했던 시절은 아득한 옛일이 되었지만 지금도 가끔씩 '잔반'을 생각하면 그 시절의 '사단장 목장'이 생각난다.

# 동창회의 의미

최병기(서울·좋은얼굴최병기치과 원장)

국적은 바꿀 수 있어도 모교는 바꿀 수 없어 동창회 애착
단순한 음주 문화 행사에서 실질적인 생활 공유 팀 운영

살아가면서 동창생이 안겨주는 의미는 각별합니다. 학창시절을 함께한 동창은 '국적은 바꿀 수 있어도 모교는 바꿀 수 없다.'는 말처럼 마음대로 바꿀 수 있는 친구가 아니어서 좋든 싫든 더 가까운 사이가 된듯합니다. 그래서인지 생활하면서 마음의 고향이라고 할 수 있는 동창회 모임에도 신경을 많이 쓰게됩니다. 누구라도 그러하듯이 고등학교 동창회 모임은 10여년에 이르는 학창시절을 통틀어서 가장 기억에 많이 남고 모임에 대한 참여도가 높기 때문에 더욱 사랑스럽고 자랑스럽기까지 합니다. 물론 고교시절은 대학입시 때문에 죽어라하고 공부만 해야했던 안타까운 청춘기라고 할 수도 있겠습니다.

필자도 고등학교를 졸업한지 한참 세월이 흘렀습니다. 필자는 고3 때 신경성위염으로 1년간 휴학을 하고 복학 후에 30회 친구들을 만나게 되어 더욱 더 숙명으로 생각합니다.

가끔 필자가 운영하는 병원에서 29회 친구와 30회 친구가 치료를 받을 때는 29회 선배님으로 존대를 하고 필자에게는 친구로서 대하는 진풍경이 연출되기도 합니다. 고3 시절에는 많이 힘들었지만 '전화위복'으로 친구가 2배로 늘어 지금은 너무 행복합니다.

3년 전에 고교졸업 40주년 추진위원회 위원장을 맡아 달라는 친구들의 부탁으로 위원회를 만들어서 콜라보 패션쇼를 준비한 것이 엊그제처럼 떠오릅니다. 학교 졸업 후 10년, 20년, 30년, 다 나름대로 의미를 부여하게 됩니다. 그리고 10년이라는 세월에 매듭을 짓는 모습으로 큰 행사를 만들어 봅니다. 단체여행도 주선해보고 색다른 이벤트를 기획해 봅니다. 모처럼 만든 뜻깊은 큰 행사장에서 보고픈 얼굴들을 마주 대하며 그간의 안부를 반갑게 묻곤합니다.

필자가 회장으로 있던 기간에는 새로 잘 만들어진 너무나 훌륭한 서울사대부고 모교 교정에서 졸업 40주년 행사를 치렀습니다. 선농축전에서 사대부고의 역사를 다시 쓴 훌륭한 23명의 콜라보패션쇼 공연으로 '나이는 숫자에 불과하다'는 좋은 추억을 심어준 친구들에게 진심으로 감사를 드립니다.

3년전 친구들에게 봉사한다는 마음가짐으로 40주년 추진위원장과 동창회장을 맡게 되면서 나름대로 많은 생각을 했습니다. 무엇보다 동창회가 그동안 좀 부족했던 것으로 느껴온 사무와 재무를 확실하게 분리하여 서로 상호보완하도록 하는 방안에 대하여 많은 친구와 의논하였습니다. 처음에는 좀 부담스러웠으나 십시일반으로 집행부에 잘 따라 준 친구들께 감사를 드립니다. 또한, 과거에 단순한 음주의 문화에서 실질적인 문화생활을 공유하는 문화복지팀을 구성하여 운영하도록 하였습니다. 그동안 친구들의 적극적인 참여와 격려로 성공적으로 동창회장이라는 막중한 2년 동안의 임기와 업무를 알차게 정리하게 되어서 진심으로 감사를 드리고 싶습니다. 고맙습니다.

무엇보다 one team으로 각자의 노하우와 맡은 업무를 잘 처리해주고 주옥같은 역할을 진두지휘하며 잘 엮어 준 박귀희, 성혁진, 장영석 사무총장 친구들의 수고에 대하여 마음속 깊이 감사인사를 올립니다. 친구들! 수고가 많았습니다.

졸업 40주년은 treasurer(보물, 재무)로서 투명하게 살림을 잘 챙겨준 태종순, 차준희 재무총장께서 모든 궂은일을 도맡아서 하면서 2차 모임 등을 확실하게 잘 정리한 담당 등의 덕분에 잘 넘어갔습니다. 그리고 2천만 원의 '50주년 준비 특별기금'과 1천만 원의 동창회이월금을 더 넘겨드릴 수 있어서 무척 다행스럽고 감사하는 마음이 저절로 나옵니다.

다양한 행사진행이 있었지만, 124 롯데타워 투어에서 즐겁게 사진 찍었던 추억, 화담숲과 병국이네 집에서 밴드로 즐겁게 놀았던 시간, 제주도 40주년 기념 나들이 행사, KBS 7080에서 2시간동안 춤을 추면서 방청했던 소중한 추억, 문영근 친구 색시의 문화해설로 창경궁 투어, 강화도 회갑 역사기행으로 역사의 엄중함을 느끼는 등, 너무나 많은 문화 행사로 우리에게 가슴 벅찬 추억과 기억을 남겨주고 천하부고의 위상을 높여준 조병연, 강미숙 문화복지팀장께 감사의 마음을 전합니다.

아울러 뒤에서 총괄하고 늘 부족한 면을 채워준 김연선 이사님께도 감사를 드립니다.

40주년과 회갑기념 여행 등 다양한 모든 행사를 앨범에 담기 위해 며칠 밤을 지새우면서 소중한 추억의 사진으로 가슴 뭉클하게 만들어준 송원기 친구에게도 무한한 감사를 드립니다.

헤아릴 수 없이 많은 봉사로 동창회 모임을 원활하게 돌아가게 만들어준 모든 30회 친구들의 노력과 활동은 일일이 다 기록할 수 없어서 아쉽습니다. 동창회의 모임을 지속적으로 이끌어줄 희생정신은 누구나 다 갖고 있어야 합니다. 무엇보다 참여하는 마음가짐이 중요하다고 보겠습니다.

며칠 전 고문들과 집행부가 앞으로의 30회 운영 방향에 관한 발전적인 의견을 나누었습니다. 차기 박귀희 집행부에서도 더 많은 참여와 사랑을 부탁드립니다. 아무쪼록 동기 여러분 모두 바쁜 일정 잘 챙기시고, 무엇보다 건강하시고 행복하시길 바랍니다. 사랑합니다.

서로 다름을 인정하고 상대방도 나와 똑같이 존중하는 천하부고 30회의 기운이 대한민국과 세계로 뻗어 나가길 소망합니다.

# 비움의 강력한 힘

하상윤(안산·하상윤치과 원장)

신경 치료 비서 “신비” 근관파일 디지털 룰러에 기대
익숙함과 당연함과의 이별은 불편하고 고통이 따른다

1990년에 치과의사가 되었으니 벌써 30년이 넘었다.

치과의사 면허증을 따고 첫환자를 진료하였을 때와 처음 개원하였을 때의 설래임이 아직도 눈앞에 선한데, 새로운 도전을 하려니 두려움보다는 설렘이 앞선다.

이제 은퇴를 준비할 나이 아니냐, 나이가 있어서 잘못되면 회복이 어려운데, 송충이가 솔잎을 먹어야지, 수십년 한 사람도 힘든데 되겠어? 등등 주변에서 부정적인 조언도 많았다. 또한 표현은 안하지만 위와 같이 생각한 사람도 많았으리라.

양산 제품을 판매한지 5개월 정도가 넘었다. 초반에 지인들에게 판매한 기간을 빼면 본격적인 판매는 이제 한두 달 정도 되는 것 같다.

이제부터 시작이다. 여러 가지 어려운 점도 많았지만 새로운 아이템으로 비즈니스를 한다는게 재미있는 부분도 많다, 새로운게 무조건 좋은 결과를 가져다 주는건 아니지만, 새로운 도전이 없었다면 인류문명의 발전도 없었으리라.

근관파일 디지털 룰러에 대한 필요성을 느꼈던건 딱 50세가 되던 2014년이다. 당시 노안 때문인지 아날로그 룰러의 눈금이 침침해지면서 디지털 시대에 이런 아날로그 룰러는 디지털 룰러로 바꾸어야 한다고 생각했다. 그전까지는 아날로그 룰러를 하는게 당연하다고 생각했었는데 그 당시 왜 그런 생각을 갖고 특허 출원까지 했는지 곰곰이 생각해 봤다.

필요는 발명의 어머니란 격언이 있듯이 필요성에 의해서 그런 행동이 나왔을까?

물론 그 부분도 어느 정도 기여를 했겠지만, 그 당시 서강대 철학과 교수이신 최진석 교수의 책과 강연에 많은 영향을 받았던거 같다.

고정된 이념과 이론에 얽매이지 않고 1초도 정지하지 않는 이 세상을, 내 앞에 일어나는 모든 사건을, 내가 주체적으로 그 사건의 담당자로서 그 사건을 끌고 가는힘, 즉 주체력에 대한 얘기를 듣고 깊은 감명을 받았다. 그러다보니  내 힘으로 내가 하고 싶은걸 해보고 싶은 욕망이 생겼다. 열정이 생겼다고나 할까? 열정은 비움에서 나온다고 하는데….

노자의 기본사상 중에 '무위'라는 말이 있다. 무위도식이란 고사성어 같이 아무 것도 안한다는 뜻이 아니라 인간의 지식이나 욕심이 오히려 세상을 혼란시킨다고 여기고 자연 그대로를 최고의 경지로 본다. 한마디로 비우고 비워서 인위를 가하지 않는 것이다. 무위의 경지에는 모든걸 자연스럽게 바라볼 것이다. 아울러 모든 가능성을 열어두는 열린 마음과 유연하고도 긍적적인 생각, 또한 당연함을 당연시 하지 않는 마음이 생겨날 것이다.

이런 생각 때문인지 필자는 기존 아날로그 룰러의 당연함에 저항하고 룰러의 디지털의 시대를 갈구했다.

하지만 막상 양산 제품까지 출시하고 기존 아날로그 룰러를 변화시키려니 쉽지는 않은거 같다. 프로토 타입 제작 중에 동료 치과의사 중에 한 명이 돈 안될거 같으니까 만들지 말라고까지 했지만, 개개인의 관점의 차이라 생각하고 계속 전진했던거 같다. 또한 디지털 시대에 디지털 룰러의 필요성에 대한 방향은 맞다고 확신한다. 헨리 포드가 자동차를 처음 만들었을 때도 기차에 비해 적은 인원이 승차하고 값은 훨씬 더 비싼 자동차에 대해 많은 사람들이 부정적이었다. 하지만 헨리 포드는 확신을 갖고 포기하지 않아 오늘날 자동차라는 장르의 개척자로 추앙받고 있다. 또한 2007년도에 아이폰이라는 스마트 폰이 처음 등장하였지만 3년이 지난 2010년도에도 10명 중 1명 비율로 스마트폰을 사용하였다. 10년이 지난 요즘에는 스마트 폰을 사용하지 않는 사람을 찾기 어려울 정도로 격세지감을 느낀다.

익숙함과 당연함과의 이별은 불편하고 고통이 따른다. 초등학교 시절에 새학년에 올라가 만나게되는 낯선 친구나, 환경, 새로운 선생님이 싫었던 감정이 아직도 기억이 난다.

현재의 필자는 새로운 변화나 낯설음을 오히려 즐기고 있으니 그동안 많은 내공이 쌓인 듯하다.

신경 치료 비서 "신비"라는 이 근관파일 디지털 룰러가 향후 많은 치과의사들에게 사랑을 받을지 아니면 새로운 기기의 등장이라는 이슈와 화제만 남긴채 사라질지는 누구도 알 수 없다.

하지만 물이 없으면 말라죽는 식물같이 수동적인 제품이 아니라, 목마르면 물을 찾는 동물같은 디지털 시대에 걸맞은 제품이라고 필자는 확신한다.

근관 파일 디지털 룰러가 당장 모든 사람에게 필요하리라 생각하지는 않는다.

노안으로 인해 눈금 보기 어려운 분들에게 일차적으로 어필 할 것이다(실제적으로 주문하는 원장님들의 연배가 필자와 비슷함). 이런 불편함을 참고 견디는 것이 아니라, 이런 불편함을 해결하려는 태도, 즉 테크닉에 센시티브 하지않는 제품을 만드는 것이 과학적인 모습이라고 생각한다.

어떤 분께는 무엇보다 필요한 기기이지만 어떤 분께는 필요치 않을 수 있다는걸 필자도 인정해야 한다. 또한 이 세상은 상대적이며, 항상 변하기 때문에 지금 필요치 않다고 영원히 필요치 않는 것은 아닐 것이다. 그래도 편하다고 피드백 주시는 원장님들께는 고맙기 그지없다.

아직은 시장에 없는 제품이다 보니 세계로의 길도 열려있다고 볼 수 있다.

제품도 새로운 제품이고 비즈니스도 처음이다 보니, 앞으로 가보지 못한 길을 가야한다.

두렵기도 하지만 설레는 마음도 감출 수 없다.

앞으로 필자에게 필요한건 비우는것!

이순신 장군의 '必死則生 必生則死'이란 고사성어가 필자에게 지혜와 힘을 줄 거 같다.

# 서정이 이모

허용수(울산·한길치과 원장)

"장애인 진료 아무나 할 수 없는 특별한 진료가 아니다"
"장애를 이유로 구강 건강 권리 침해 받아서도 안된다"

점심시간. 치과로 웬 케이크가 배달되었다. 겉에 붙은 카드를 펼쳐보니, '선생님, 지난 목요일 우리 서정이 치료를 잘 해주셔서 너무 너무 감사해요'라고 씌어있다. 아! 서정이 이모구나.

서정이는 장애인 복지관 진료 봉사에서 치료했던 아이다. 12살이라고는 믿기 어려운 작고 연약한 여자아이. 앙상한 팔다리가 심하게 뒤틀려있고 굽은 척추 때문에 똑바로 눕지도 서지도 못하는 중증장애인이었다. 속박을 하고 개구기를 억지로 물리니 꺽꺽대며 숨을 쉬지 못한다. 거의 모든 치아가 삭고 무너져 대체 어디서부터 손을 써야 할지 참으로 난감한 상황이다.

솔직히 치료 계획보다는 '어떻게 다른 병원으로 설득해서 보내나.'하는 생각으로 머리가 복잡했다. 의사의 침묵이 불안했던지 "아이가 너무 약해 약물을 이겨내지 못할까 봐 수면 진정이 어렵다고 대학병원에서도 치료를 거절당했다."며 묻지도 않는 대답을 한다.

거 참, 대학병원에서도 치료를 포기한 환자를 이런 열악한 시설에서 내가 어떻게 치료를 한다고……. '어쩔 수 없이 여기로 다시 왔습니다. 선생님 밖에는 우리 서정이를 치료해 주실 분이 없네요. 죄송합니다.' 그제서야 차트를 보니 필자가 예전에 이미 진료한 기록이 분명히 있다. 그것도 마취해서 토미까지 했으니 자신 없다고 거절할 핑계도 없다.

앞니 몇 개로 겨우 밥을 먹는다기에 만반의 준비를 갖추고 상악 영구 전치를 토미하기로 마음먹었다. 핸드피스를 댈 것도 없이 스푼으로 몇 번 떠내니 금세 pulp가 열렸다. 치수강 내 마취를 하고 치수 절단에 임시가봉 처치까지 채 1분도 안 걸리게 순식간에 이루어졌다. 그나마 전치부였기에 가능했던 것 같다. 치료가 끝나자 엄마는 연신 "감사하다."는 인사를 하며 마치 죄인처럼 필자 눈도 못 맞추곤 도망치듯 아이를 안고 진료실을 빠져나갔다. 나중에 담당 복지사 선생님께 들은 바로는, 보호자는 엄마가 아닌 이모였고 엄마는 아이를 낳을 때 이미 하늘나라로 갔다고 한다. 의사 선생님께 큰절을 올리고 싶은 심정이라며 고마워하더란다.

필자의 막내도 자폐성 발달장애 등급을 받은 장애인이기에 어렸을 때 애비도 어쩌지 못하고 소아치과 선생님께 신세를 졌다. 고맙고 미안한 장애인 부모의 심정을 누구보다 잘 안다. 그 후로 가톨릭 재단이 운영하는 장애인 복지관에 치과 진료실이 개설되면서 뜻있는 몇몇 원장님들과 주 1회씩 돌아가며 진료를 해온 지가 벌써 내년이면 20년째다. 장비와 여건상 중증장애인의 경우 진료의 한계를 느끼고 스스로도 실망할 수밖에 없지만, 소외받은 환자를 진료하고 난 후의 보람은 컸다.

장애인 진료는 아무나 할 수 없는 특별한 진료가 아니다. 장애인의 진료를 특별한 것으로 보는 인식 자체가 장애인들이 치과를 마음껏 방문할 수 없게 만드는 장벽이 될 수 있다. 서영이의 진료는 특수한 기술과 장비로 큰 병원에서 특별한 의료진이 치료한 것이 아니지 않은가. 작은 관심과 배려하는 마음만 있으면 충분하다.

물론 장애인 치료는 비장애인을 치료할 때보다 많은 시간과 노력을 들여야 하면서도 수입 면에서는 불이익을 감수해야 하는 것이 현실이다. 그러다 보니 대개는 장애인이 치과를 무서워하기보다 오히려 치과의사가 장애인 치료를 무서워하여 기피하는 경향이 있다. 그래서인지 장애인 복지관에 봉사하시는 원장님들의 수도 초창기에 비해 많이 줄어들어 걱정이다. 더구나 젊고 패기있는 원장님들은 한 분도 없고 모두 50, 60대 중년 원장님들이 침침한 눈을 돋보기 너머로 보면서 고군분투하고들 계신다.

하지만 우리가 반드시 명심해야 할 것은, 오늘날 복잡한 현대 사회에서는 각종 질병과 재해, 사고 등으로 나 자신이나 내 가족 그 누구라도 후천적으로 장애인이 될 수도 있다는 사실이다. 그러므로 장애인은 장애를 이유로 차별 받아서도 안되고 장애를 이유로 구강건강에 관한 권리를 침해 받아서도 안되는 것이다. 장애는 심각한

전염병도 아니고 장애인이 죄인은 더더구나 아니다. 보다 많은 치과의사들이 장애인 진료에 관심을 가지고 참여했으면 한다.

울산에는 장애인 복지관 외에도 태연학교, 이주노동자 진료, 구치소 진료 등 어려운 이들을 위한 진료 봉사 단체들이 많이 있다. 가장 강하고 우수한 사람이 제일 높은 단상에 오르는 올림픽 시상대와는 달리, 가장 강한 사람이 낮은 곳에서 든든한 기단이 되어 주고 최종적으로 소외되고 가난한 약자들을 떠받쳐주는 인간 탑 쌓기와 같은 구조가 건강한 사회를 만들 수 있을 것이다.

하지만 중증장애인 진료처럼 어렵고 비용도 많이 드는 치료를 몇몇 봉사자와 협찬에만 의존해서는 안 될 것이다. 공공의료의 일환으로 장애인 구강 진료 센터를 정부와 지자체가 제도적으로 설립하고 운영해야 할 것이다. 울산에서도 마침내 장애인 구강 진료 센터 건립 계획이 확정되었다는 반가운 소식이다. 부디 영리만을 목적으로 하지 않고 공공의료의 성격에 충실하도록 운영되어지길 기대해 본다.

# 한 여름밤의 단상

**황영필**(수원·해맑은치과 원장)

조금만 집중한다면 즐겁게 마실 수 있는 와인의 전설
물을 전혀 첨가하지 않고 순수한 포도를 원료로 발효

말복이 훨씬 지났는데도 온몸을 감싸는 끈적거림은 어찌 할 수도 없다. 시원한 찬물을 끼얹어야, 시원해진 몸이 다시 더워지기 전 얼른 잠이 들 수 있으니 말이다. 허생원이 성서방네 처녀와 꿈결같은 하루밤을 보낸 물레방앗간을 찾은 날도, 메밀꽃이 필 무렵인 늦여름 또는 초가을의 끈적거린 어느 날 일 것이다.

이렇게 잠 못드는 숨 막히는 여름밤엔 차가운 스파클링 와인이 제격이다. 적당한 신맛과 달콤한 과일향이 입안에서 자글거리는 기포와 어우러지면 그 청량감이 목구멍에서 뱃속까지 개운해지기 마련이다. 딱 한 잔이면 족하다. 두세 잔 더하게 되면 금세 몸이 다시 더워지기 때문이다. 이미 몸이 더워졌다면 어쩔 수 없다. 남은 술을 다 뱃속에 보관하고 취기와 함께 쓰러지면 그만이다.

낙엽을 태우면서 갓볶은 커피 향을 연상시킨 것이 일제강점기 민중의 삶과는 이질적이라는 논란의 여지가 있지만, 문학은 문학으로 봐주기로 하자. 나 또한 모스카토다스티 한 잔으로 나만의 사치를 부려보자. 한낮 힘차게 울어대던 매미도 잠든 고요한 이 시간 입안에서 느껴지는 자글자글한 감각은 대학시절 완도 정도리에서의 추억을 아련하게 한다. 그날 밤 파도가 밀려들 때마다 재잘거리며 부딪치는 조약돌 소리 또한 자글자글 거리며 시원한 느낌을 준다.

와인은 참 매력적인 술이다. 순수한 포도만을 원료로 발효시켜 만든다. 다른 술과 달리 물이 전혀 첨가되지 않으면서 알코올 함량이 적고(9~13%), 당분, 비타민, 유기산, 미네랄, 폴리페놀 등이 포함되어있다. 와인의 맛은 원재료인 포도의 품종, 토질, 기후 등의 자연조건과 재배방법, 양조법에 따라서 그 맛이 아주 다양하다. 와인의 색 또한 다양해서 크게 레드, 화이트, 로제와인으로 구분하나 가넷, 벨벳, 오렌지, 옐로 등. 맛의 표현도 묵직하다. 드라이하다, 상큼하다, 말괄량이 처녀같다, 화사한 꽃밭같다, 과일향이 풍부하다, 힘차다, 아기가 젖을 토한 향이난다, 오크향이 강하다 등 헤아릴 수 없다. 와인을 담는 병도, 코르크 마개도, 와인을 따라 마시는 잔의 형태도, 보관하는 방법도, 제조하는 방법도 모두 맛있는 와인을 즐기기 위한 수많은 노력이 배어있다. 어느 술이 이처럼 다양할까?

한편 스파클링 와인은 기포가 있는 발포성 와인으로 탄산가스가 3기압 이상일 때 스파클링 와인이라고 한다. 흔히 샴페인과 혼동되기도 하는데 샴페인은 프랑스 상파뉴 지방에서 전통방식으로 만든 스파클링 와인으로 탄산가스가 6~7기압이다. 이 정도 압력은 트럭의 타이어 압력으로 샴페인 뚜껑을 열 때는 조심해야한다. 여기서 전통방식으로 만들었다함은 2차 병 발효를 시킨 와인을 말한다. 상파뉴 이외의 지역에서 만들어진 프랑스 발포성 와인을 크레망(Cremant)이라 부르고, 스페인은 카바(Cava), 이탈리아는 스푸만떼(Spumante, 강한 발포성 와인), 프리잔떼(Frizzante, 약발포성 와인), 독일에선 젝트(Sekt)라 부른다.

스파클링 와인은 제조방법에 따라
i) 2차 병발효하는 전통방식
ii) 탱크발효하는 샤르마 방식
iii) 탄산가스 주입방식이 있다. 지루할 수도 있으나 조금만 집중하면 아주 재미있다.

먼저 샤르도네, 피노누아, 피노메니에 등의 베이스와인을 일차발효 시키는데 효모가 당을 먹고 이산화탄소를 뿜어내며 알코올을 만드는 과정을 말한다. 이 베이스 와인을 일정한 비율로 블랜딩을 하는데 여기엔 양조자의 철학이 들어가 있다. 이후 병에 담을 때 효모와 당분을 혼합하면 병속에서 2차 발효가 시작된다. 병 안에서 효모찌꺼기가 병목에 모이게 되는데 45° 기울여서 몇 주에서 몇 달간

돌려준다(르미아쥬 작업). 염화칼슘 물에 병목을 담그면 효모 찌꺼기가 얼어서 병을 열고 재빨리 효모 찌꺼기를 제거한다(데고르쥬망 작업). 그때 와인의 일부가 유실되게 되는데 부족한 와인을 보충해준다(도자쥬 작업). 이때 당도가 있는 와인을 보충해주면 와인이 달게 된다. 영화 귀여운 여인에서 마셨던 "모에샹동"은 중간정도의 당도가 있는 와인을 넣어준 것이다. 여기까지가 전통방식의 제조방식이다.

대형 스테인리스 탱크에 넣어 발효시키는 방식은 샤르마 방식이라 하며 "프루세코"는 샤르마 방식의 와인이다.

마지막으로 탄산가스 주입방식은 아주 저렴한 스파클링 와인 제조 방식으로 흔히 제과점에서 구할 수 있다. 내가 즐겨 마시는 "모스카토다스티"는 이탈리아 북부 피에몬테 주에서 생산된 약발포성 와인으로 탱크에서 2차 발효를 시켜 만든다. 여기까지 읽으셨다면 집중력이 좋으신거다.

"나는 샤넬 No5를 뿌리고 잠에 들고, 파이퍼하이직 한 잔으로 아침을 시작한다"라고 말한 마를린 먼로 같이, 잠이 덜 깬 아침에 상큼하고 청량감 있는 샴페인 한잔으로 휴가를 즐길 날이 언제올까?

부러우면 지는건데…….

# 양악수술로 바라본 정보화시대의 세상

황종민(서울·올소치과 원장·구강악안면외과전문의)

장점은 지나치게 과장하고 약점은 숨기는 교묘한 홍보
생각의 틀 사로잡혀 세상을 객관적으로 못볼까 봐 걱정

몇 년 전 〈미생〉이라는 드라마가 유행한 적이 있었다. 바둑 기사가 되기 위해 오랜 기간 준비하던 주인공이 바둑을 그만두고 일반 회사에 들어가게 되면서 겪는 이야기를 그린 드라마였다. 이 드라마 초반에 주인공이 '자신은 지금까지 배운 게 바둑 밖에 없어서 바둑을 통해서 세상을 이해한다'라는 이야기를 한다. 그런데 주인공이 바둑을 통해서 배운 교훈들은 일반 회사 생활에도 잘 적용되어 회사생활에 실제적인 도움이 된다.

바둑과 회사는 엄연히 다른 세계인데, 바둑의 경험이 회사생활에도 통용되는 것은 왜일까? 결국 우리가 사는 삶이라는 게 사람 간의 관계의 문제라서, 상황에 따라 그 디테일은 다 다르지만 그 안의 핵심은 일맥상통하기 때문일 것이다. 다만, 각자의 상황에 따라 익숙한 관점으로 세상을 바라보는 차이가 있을 뿐이다.

필자는 현재 강남에서 양악수술을 하는 구강악안면외과 전문병원을 운영하고 있다. 치과대학을 졸업하고 대학병원에서 구강악안면외과 수련을 마친 후, 수술병원에서 6년간의 페이생활 거쳐 수술병원을 개원하였고, 지금껏 10년 가까이를 개원가에서 양악수술을 하면서 지냈다. 그러다 보니 나에게 있어서 세상을 보는 눈은 "양악수술"이 되었다.

하루에 많은 시간을 양악수술 환자를 상담하고, 수술을 하면서 지낸다. 진료를 마치고도 수술환자들 자료를 정리하고, 논문을 보고, 양악수술과 관련된 발표 준비를 한다. 집에 와서도 종종 휴대폰으로 양악수술 관련 기사나 기타 정보를 모니터링을 한다. 필자 머리속 많은 부분은 "양악수술"이 차지하고 있고, 알게 모르게 양악수술을 통해 배운 경험을 통해 세상을 보게 된다.

양악수술 관점에서 보면 요즘 세상에는 정보가 너무 많다. 인터넷에서 몇 시간만 검색하면 양악수술에 대한 다양한 기사를 접할 수 있고, 인터넷 카페를 통해서 양악수술을 한 사람들의 후기도 쉽게 볼 수 있다. 심지어는 유튜브를 통하면 양악수술 하는 장면도 직접 볼 수 있다.

그런데 문제는 정보는 많은데 나쁜 정보가 더 많다는 것이다. 인터넷이나 유튜브에 나오는 양악수술에 대한 정보는 병원에서 올린 광고인 경우가 대부분이다. 그러다 보니 장점은 지나치게 과장하고 약점은 숨기고, 교묘하게 자신의 병원을 홍보한다. 예전에는 정보 자체가 힘이었으나, 이제는 많은 정보 중에 바른 정보를 골라내는 것이 중요해졌다.

간혹 양악수술 환자들 중에는 자신이 검색을 통해 알아낸 정보의 틀에 잡혀 있는 경우가 있다. 사람들은 보통 본인이 몇 달을 노력을 해서 정보를 얻고 나면 그 정보가 굉장히 정확하다고 생각을 한다. 실제로는 정보를 가장한 광고의 늪에 빠져 잘못된 정보를 가지고 있다는 것을 알지 못한다. 이런 환자들은 상담을 해도 이해시키기가 어렵다. 제대로 된 내용을 알기 쉽게 설명해줘도 본인의 틀에서만 이해를 하고자 하고 받아들이지 않으려 한다. 심지어는 수술 계획을 mm 단위로 정해와서는 그대로 해주는 병원을 찾으러 다니기도 한다. 이런 환자들은 결국 잘못된 선택을 하고 뒤에 가서 후회하는 경우가 많다.

이런 모습을 보다 보면 나도 내 전문분야가 아닌 부분에서 너무 자신의 틀에 잡혀서 세상을 객관적으로 보지 못하지는 않나 하는 걱정이 들기도 한다. 양악수술 분야에서 환자들이 아무리 노력을 해도 전문가의 식견을 가질 수 없듯이, 내 전문분야가 아닌 분야에서 내가 아무리 검색을 하고 공부를 하여도 전문가의 식견을 가지기는 힘들텐데 말이다.

요즘 SNS를 보면 본인이 얻은 지식을 바탕으로 판단을 하고, 정치, 경제, 사회적 상황에 대한 의견들을 개진하는 경우가 많다. 전반적인 사회에 관심들도 증가하였고 정보들도 투명하게 공개되다 보니, 통찰력 있는 의견들도 많고 때로는 전문가들의 의견보다 이해하기 쉬워서 도움이 되는 경우가 많다. 하지만 간혹 자신의 주장에만 너무 매몰되어 다른 의견을 가진 사람들에게 배타적인 태도를 보이는 경우도 있다. 그런 모습을 보면 왠지 양악수술 환자들이 겹쳐 보인다.

세상에는 정치, 경제, 사회적인 상황에 따른 정보들이 너무나 많고, 관점에 따라 완전 상반된 내용도 많다. 그런 정보들 중 어느 정보가 맞는지는 전문가가 아니라면 알기는 쉽지 않다. 아니, 이런 이슈들은 정답이 없는 경우도 많아서 설사 전문가라고 해도 실체적 진실에 알고 확신하기가 쉽지 않다. 이런 상황에서 내가 접한 정보만을 바탕으로 판단을 하고 배타적인 태도로 다른 의견을 받아들이지 않는 것은 위험할 것이다. 마치 양악수술 환자가 자신이 조사한 정보를 바탕으로 수술 계획을 세워놓고 그와 다른 설명을 하는 의사는 신뢰하지 않는 경우와 같아 보인다.

특히 건전한 토론 문화가 부족한 우리 사회에서는 독단적인 의견을 배타적으로 주장하는 것은 사회 발전에 도움이 되지 않는 듯 하다. 간혹 SNS 상에서 이루어지는 댓글 토론(?)을 보더라도 발전적인 방향으로 토론이 이루어지기보다는 서로의 의견만을 주장하고 상대를 비난하다가 감정싸움으로 끝나는 경우를 많이 본다. 일상생활에서도 정치 이야기를 하다가 좋지 않게 끝나는 경우가 많아, 요즘 사적인 자리에서 정치 이야기는 금지하는 경우가 많다고 한다.

정보가 난무하는 현대 사회를 사는 우리들은 의견은 자유롭게 가지되 자신이 항상 옳다는 독단과 독선에 빠지지 않도록 조심해야 할 것 같다. 그리고 나와 다른 의견도 존중하고 토론을 통해 보다 좋은 결론으로 나아가고자 하는 자세를 잃지 않아야 할 거 같다. 마지막으로 사회 전반에서 전문가의 의견을 존중하는 문화가 정착되어야 할 거 같다.

이왕이면 이 모든 것들이 양악수술 시장에서부터 이루어졌으면 하는 바람이다.

현장에서 찾아낸
치과의사 수필선집1
**살아가는 이야기**

인쇄일 2022년 1월 20일
발행일 2022년 1월 26일
저 자 치과의사 39인 공저
발행처 뱅크북
신고번호 제2017-000055호
주 소 서울시 금천구 가산동 시흥대로 123 다길
전 화 (02) 866-9410
팩 스 (02) 855-9411
이메일 san2315@naver.com
ISBN 979-11-90046-33-6


* 책값과 바코드는 표지 뒷면에 있습니다.